あんずとぞんび

赤や黄色や白や黒が、ひとかたまりになってもぞもぞ動いている。

お米のとぎ汁みたいな白くにごった水の中で、ぎゅっとからまりあったまま、右に左に回転しながら少しずつもようを変えていく。さっきまでバスタオルの黄色が強かったのに、今はズボンの黒が一番目立つようになった。ずっとかくれていたTシャツのピンクもいつの間にか顔を出している。

洗濯機の中をながめながら、まるで心の中みたいだとあんずは思う。昨日は悲しかったのに、今日は楽しくて、明日にはどうなっているかわからない、心の中。「悲しい」とか「楽しい」とか、いつも一番大きな色が目立っているだけで、本当は他の色とこんな風にからまりあって動いていて、だからころころと変わっていくのだ。今日の自分は、何色が一番強いだろう？　今のあんずの心は、「ふつう」だ。「ふつう」というのは、いろんな色がどれも同じ大きさになっているのだろうか。それとも、「ふつう」という一つの色が大きくなっているのかしら。ぼんやり考えていたら、ピンクが世界地図のロシアくらい大きくなっていた。

洗濯物をつめこんだプラスチックのカゴをかかえ、アパートの階段を上っていく。自分の胴体ほどある大きなカゴは夏よりも心なしか重くなった。

あんずとママが住んでいる部屋にはベランダがない。アパートの屋上が物干し場になっていて、住んでいる人はみんなそこまで洗濯物を干しに行く。……はずなのだが、あんずはまだそこで誰にも会ったことがない。たまに洗濯物が残されていることはあるけれど、わざわざ夕方近くに干しに来る人はあんずの他にはいないようだ。

あんずは学校の授業が終わるとすぐ家に帰る。より道も、友だちの家に遊びに行くこともめったにしない。太陽が出ているうちに洗濯物を干したいからだ。夜になる前に結局部屋干しに切りかえるのだけれど、少しでも空の下に干したい。その方が、何となく気持ちがいい。洗濯したーって、気分になる。でも、これから秋が深まって、冬になるころにはどうすればいいのだろう？　太陽が、今よりもずっと早くしずんでしまう。パン、パン、とシャツの表面をたたいて、しっかりとシワをのばす。

洗濯物を干し終えると、あんずはいつものように屋上の柵によりかかり、アパートからまっすぐにのびる道の上にママが現れるのを待った。部屋で待ったってかまわないのだが、ここから見つけて手をふりたいのだ。ママはいつもちゃんと気づいて手をふり返してくれる。その距離が遠ければ遠いほど、何だかうれしかった。

ママが昼の仕事から帰ってきて、夜の仕事に出かけるまでの間。一日のうちでそれだけが、ママとあんずがいっしょに過ごせる時間だった。朝、あんずが起きるころには、たいていママはまだ寝ている。帰ってくるのが夜中だからだ。あんずはできるだけ大きな音をたてないよう注意して、朝ごはんを自分で作る。最初はパンを焼くくらいだったけれど、近ごろは目玉焼きやスクランブル・エッグも作れるようになった。洗いものをすませ、ママの分の朝ごはんにていねいにラップをかけると、ランドセルを背負ってそうっと家を出る。いってらっしゃい、はもう自分で言うようになった。

空に夕方らしい色がさしてきた。うすくあらわれた赤むらさきのちょうど真下に、背の高い建物がニョキニョキとフライドポテトのようにつき出ている。川の向こうに立ち並ぶ、タワーマンションの群れである。去年まで、あんずはあの中の一つに住んでいた。大きくてきれいな家ばかり並んでいる、ぴかぴかした街だった。一方、川の手前のこちら側は、低くて、小さくて、いにしえのような色をした古い家ばかり。四階建てのこのアパートが、このあたりではまだ一番高い。それでも、五十階と四階とでは十倍以上もちがう。空と地面をつなぐようにそびえ立つタワーマンションのシルエットをながめながら、パパは元気にしているだろうか、とあんずは思った。あんずは最近パパがどうしているのか知らない。パパの話をするとママのきげんが悪くなるから、何となくきけなくなった。パパはまだあそこにいるのだろうか。一人ぼっちで、さびしくないだろうか。料理は、洗濯は、どうしているのだろう？　パパがフライパンで料理をしたり、洗濯物をたたんだりしているところをあんずは見たことがないから、想像すると何だか変な感じがしたし、少しかわいそうな気にもなった。早くもどってあげなきゃ。そう思って背すじをしゃんとのばす。

ふと下を見ると、アパートの前に黒い影があったのであんずはぎょっとした。同じアパートに住んでいる男の人だ。いつもきまってあの場所で、日に何度もタバコを吸う。全身真っ黒の服を着て、ひどい猫背で、ものも言わずにじっと立ったままでいるのを目にするたび、幽霊みたいだとあんずは思った。今まで気がつかなかったが、つむじあたりの髪の毛がほんのりうすい。そこだけ肌の色が丸くすけていて、ここからだとまるでかっぱの頭にある皿のように見えた。

頭のうしろに視線を感じたのか、男の人がゆっくりふり返って屋上を見上げた。とっさにしゃがんで身をかくす。あんずはあの人が苦手だ。引っ越してきてまもないころに一度だけあいさつをしたことがあるが、あんずの方を見るだけで何もこたえてくれなかった。その時のじとーっとした目つきや、暗いふんいきや、グレープ味のガムみたいな肌の色が何だかこわくて、その日からあんずは玄関を出るたびに「あの人が立っていませんように」と神様に祈るようになった。でも、だいたい二回に一回は立っていて、タバコを吸いながらあんずのことをやっぱりじっと見てくるのだった。ママもあの人のことは気味悪がっているようで、絶対に近づいちゃだめよ、とあんずによく言った。

「あんまり近づいたら、かまれちゃうかもしれないから」

うすむらさきの肌の色。ゆっくりとした体の動き。あの人は幽霊でもかっぱでもなくて、ゾンビなのだった。

「うそ、今度あんずん家《ち》に見に行っていい？　私まだ見たことないの、リアルのゾンビ」

「別にいいけど、ちょっとこわいよ」

「おそってくる？」

「おそってはこない。だから、たぶん『あぶなくない方』だと思う」

きららちゃんとは家が近いので、いつもいっしょに学校から帰る。帰り道の途中にあるきららちゃんの家は、小さくて、古くて、低い。一度遊びに行ったことがあるけれど、せまい部屋の中にきょうだいがひしめいていて、一人っ子のあんずにはどうにも落ち着かない家だった。

「あんず、その人としゃべったことあんの」

「ない」

「じゃあわかんなくない？」

「何が？」

「あぶないか、あぶなくないか」

「……そうかな」

「そうだよ、見た目だけじゃわかんないよ」

油断してたら、いきなりガブーってさ。あんずにおそいかかるふりをしながら、きららちゃんはけらけらと笑った。

三年生になって、あんずは初めて「ゾンビ」のことを授業で習った。

「ゾンビ」のパンデミックが起きたのは、あんずが生まれるずっと前、まだママが今のあんずの歳くらいだったころだ。最初に中国で起こり、数か月後にはどの国も同じ状況になった。世界中のかしこい人が調べても正体のわからない、未知のウィルスだった。それに感染してしまうと、少しも言葉が通じなくなり、ひどく乱暴になって、ライオンやクマみたいに人におそいかかるようになる。かみつかれると傷口から同じウィルスに感染し、年を取った人なら死んでしまうことも多かったが、そうでなければその人もまた人をおそうようになる。だから、ウィルスはあっという間に広がって、世界中が大変なことになった。警察や軍隊や自衛隊が出動して、どの国も戦争みたいになった。

ウィルスにはアルファベットと数字が並んだ難しい名前があったが、ほとんどの人は「ゾンビ・ウィルス」と呼んだ。人におそいかかるだけでなく、肌の色がうすむらさきになって、動きもゆっくりになってしまうからだった。あんずは昔、パパが見ていたゾンビの映画をとなりで見たことがあるが、たしかにそっくりで、授業で習うまでは感染した人のことを描いた映画だと思っていたほどだった。

ウィルスに感染した「ゾンビ」には種類がある。「あぶない方」と「あぶなくない方」だ。最初は「あぶない方」しかいなかったが、ある時期からおそいかかってこないタイプが各地で見つかりはじめた。感染前と同じまともな意識を保てていることから、英語で「意識的な」という意味を持つ「コンシャス」という名前がつけられたが、やっぱりその名前はあまり使われず、ほとんどの人は今でも「あぶなくない方」と呼んでいる。

『コンシャスの人たちを差別してはいけない。彼らが人をおそうことは絶対にないんだ。それは医学的にもきちんと証明されてる。だから、決してこわがる必要はない。そのことをみんなが正しく知って、あぶ……コンシャスの人たちに対する差別をなくしていかなければならない。他にも、この世界にはまだまだたくさんの差別がある。差別のない平和な世界。それを作っていくのは、ほかでもない、若い君たちなんだ』

森田先生は授業でそう言った。どうして先生たちを飛びこして私たちが作らなければならないんだろう、とあんずは少し不思議に思ったが、わざわざ手をあげてたずねたりはしなかった。

ちょうどあんずが小学校に入学したころ、「あぶなくない方」のゾンビが人間たちにまじって街なかで暮らせるようになった。それまでは「カクリ施設」という特別な場所にとじこめられていたが、それではかわいそうだ、と声を上げる人たちが出始め、それから、数が多すぎていろいろと大変だったこともあって、全員がそこを出ることになったのだ。でも、同じ場所に住むのがいやだとか、こわいという人もたくさんいて、今でもいろんな問題があるという。たぶん、きららちゃんの言うように、本当に「あぶなくない方」なのかどうか、見ただけではわからないからだろう。

「あぶない方」のゾンビは警察につかまえられたり、自衛隊に退治されたりして、今ではもう一人も残っていない。……と先生は言っていたけれど、この国のえらい人たちがうそをついているだけで、本当はいなくなってなどいないのだと言っている人もいて、どっちが本当なのかよくわからない。実際、目撃したとか、知り合いがおそわれたという話はネットやSNSにあふれていたし、ついこの間も、となりの小学校の子の親戚が山奥で「あぶない方」におそわれて死んだ、といううわさを聞いたばかりだった。

「あぶない方」なら、言葉は通じない。あいさつをしても無視されたのは、もしかすると……。きららちゃんと別れ、一人歩く帰り道であんずは不安になった。

（神様、どうかあの人が立っていませんように）

いつものようにお祈りをして角を曲がると、アパートの前には誰もいなかった。ほっと胸をなでおろして建物に入ろうとした瞬間、出会い頭に誰かとぶつかってしまう。あやまろうと思って見上げると、うすむらさきの顔がこちらを見下ろしていた。

「ひいっ！」

あんずは思わず悲鳴を上げた。あわててわきをすりぬけ、そのまま階段を一気にかけ上がる。玄関のドアをしめると、やっと大きく息をはいた。

＊

その日の朝はめずらしくママが起きてきた。

「あんずぅ、おはよぉ」

甘えたような声を出して、ママは洗いものをしているあんずの背中にだきついてきた。

「だめだよママ、今お皿洗ってるんだから」

「いいから、いいから。あんず、ギューして」

「わっ」トランプみたいにくるりと体をひっくり返され、ハグをされる。

「服に洗剤ついちゃうよ」

「いいの、洗えばいいんだし。ほら、もっとギューってして」

あんずはママの背中に手をまわして、体にぴったりはりついた。ママの甘いにおいが鼻をくすぐり、せっかく覚めた頭がまたぼんやりとしてしまう。

「学校は毎日楽しい？」

「ふつう」

「そっか、ふつうか。ふつうはいいことだ！」

そう言うとママはさらに強くあんずをだきしめた。

「ママ、痛いよ」

「あのね、あんず。今度のお休みの日なんだけどね」

うん、とあいづちを打つ。

「ママ、またお仕事が入っちゃったから、どっか連れてってあげられないんだ」

「えー、また？」

「夜おそくなっちゃうかもだから、いつもみたいに先に寝てて」

「えー」

「ごめんね」

「……わかった」

「ありがと！　あんずはいい子だねえ！」

「だから痛いってママ」

「お留守番、ちゃんとできる？」

「大丈夫だよ」あんずはもう留守番のプロである。

「声かけられても知らない人についていっちゃだめよ」

「うん」

「宅配便が来ても夜はドア開けちゃだめだからね」

「うん」

「私には、あんただけなんだから」

「……うん」

「大好きだよ、あんず」

このままずっとこうしていたいとあんずは思ったが、学校におくれちゃうから、と言ってようやくママから身をはなした。

ママはあんずの頭をくしゃくしゃになでまわすと、じゃあねー、とふにゃふにゃした顔で自分の部屋へもどっていった。きっと、もう一度眠るのだろう。ママのTシャツの背中はちょうどあんずの手の形にぬれていて、洗剤のあわが少しだけついていた。

いってきます。いってらっしゃい。いつものようにひとりごとを言って玄関を出る。

(神様、どうかあの人が立っていませんように)

アパートの外に出ると、幸いにもゾンビの姿はなかった。頭の上には雲一つない青空が広がっていて、あんずは心が晴れ晴れとするのを感じた。「ふつうはいいことだ!」というママの勇ましい声を思い出し、道ばたでつい笑いそうになる。

けれど、そんな風に始まったあんずの一日は、「ふつう」ではいてくれなかった。

朝からずっと、きららちゃんの様子が変だった。

あんずがしゃべりかけても、うんともすんともこたえてくれない。どうしたの、ときいてもぷいとどこかへ行ってしまう。何か怒らせるようなことをしたかしらと授業中ずっと考え続けたが、思い当たることは別に何もなかった。本人に直接きいてもみたが、答えはやっぱり返ってこない。そんな二人の様子を、教室のうしろで男子たちがにやにやしながら見ているのが気になった。

きららちゃんが先に帰ってしまったので、あんずは転校したてのころのように一人きりで帰った。道の途中で洗剤が少なくなっていたことを思い出し、回れ右をしてドラッグストアに立ちよる。カゴをぶら下げて売り場に向かうと、通路の奥にきららちゃんと男子数名の姿があった。あんずたちの通う小学校では、基本的に下校時の買い物が禁止されている。あんずのように許可をもらっている生徒は多くないはずだが、ドラッグストアやコンビニでこうして同じ学校の子を見かけることは少なくなかった。

きららちゃんはあんずに気がつくと、あからさまに目をそらした。まわりの男子たちはあんずの方をちらちら見ながら、にやついた顔で彼女に何か耳打ちをしている。そろっていやな感じだったが、気にせず「部屋干し用」と書かれたいつものパックをカゴに入れ、さっさとレジの方へ歩き出した。

次の瞬間、背中でさわがしい足音がしたかと思うと、あんずのわきすれすれをきららちゃんが全速力でかけぬけた。びっくりして「わっ」と思わず声が出る。彼女は他の通路を走ってきた男子たちと合流すると、そのまま店から出ていってしまった。——まったく、何がしたいんだか。今日のきららちゃんは本当におかしい。鼻でため息を一つつき、気を取り直してレジへ向かう。

支払いをすませて店を出ようとしたら、出入り口でピーとけたたましい音が鳴った。おどろいて立ち止まると、近くで棚の整理をしていた店員があわててやってきた。

「おじょうちゃん、もう一回ここを通ってみてくれるかな」

言われた通りにすると、防犯ゲートがまた鳴った。取りつけられた赤いランプが怒ったように光る。

「ちゃ、ちゃんと、お金、払いました」

どぎまぎしながらそう言ったが、店員は何もこたえず、あんずの手から洗剤の入ったビニール袋をうばい取ってゲートに近づけた。ところが、今度は何も反応しない。

「それも、貸してくれるかな」

彼が指さしたのは、あんずが肩にかけている手さげかばんだった。書道セットや図書室で借りた本など、ランドセルに入りきらないものを入れるためにいつも持ち歩いている。あんずは言われた通りに肩から下ろし、おずおずと店員に差し出した。彼がそれをゲートに近づけると、さっきと同じけたたましい音が鳴りひびいた。

「中、見るよ」店員は冷たい声で言った。

あんずの心臓は50メートル走の後よりもどきどきし、頭の中はすっかりこんがらがっていた。かばんにつっこまれた店員の手が動きを止め、反射的にごくりとつばを飲みこむ。ゆっくり引き上げられたその手には、まったく見覚えのない小さな白い箱があった。化粧品か何かのようだった。

「これ、お金払ってないよね」

こわい、とあんずは思った。何が何だかわからず、ただ首だけをぶんぶん横にふった。

「……そんなの、私、取ってないです」

やっとのことで声をしぼり出すが、じゃあどうしてここにあるの、と怒った顔で問いつめられるとまた何も言えなくなった。あんずは助けを求めるようにまわりを見回したが、いつもなら優しそうに見えるお年寄りも、さっきまで笑顔でしゃべっていたおばさんたちも、ただあんずのことをけげんそうに見ているだけだった。

「ちょっと、うらの部屋に行こうか」

店員はそう言うとあんずの腕をぎゅっとつかんだ。このまま警察を呼ばれて、逮捕されてしまうのだろうか？　おそろしくてあんずの体はふるえた。神様、と心の中で何度もとなえた。その時、涙の向こうに、近づいてくる人影がぼんやり見えた。男の人のようだった。

「その子、は、やって、いない」彼はゆっくりとした調子で店員に言った。

「入れた、のは、別、の、子供、だ」

あんずはそこで初めて男の人を見上げた。その顔に思わずぎょっとする。

「防犯、カメラ、見れ、ば、わかる」

最後にそう言い残し、彼はビニール袋をぶら下げて店からのそのそと出て行った。上も下も真っ黒いジャージ。猫のように丸まった背中。耳は不健康そうなうすむらさき色をしていて、歩くスピードはとてもおそい。

それは、いつもアパートの前でタバコを吸っている、あのゾンビだった。


手さげかばんに商品を入れたのは、きっときららちゃんだろう。でも、どうしてあんなことをしたのだろうか？　一体、自分が何をしたというのだろう？　ママを仕事へ送り出し、一人きりになった部屋の中でもんもんと考える。

あんずは今日のことをママには言い出せなかった。やっていない万引きでつかまりかけたことも、きららちゃんのことも、それから、ゾンビのおじさんに助けられたことも。よけいな心配をかけてしまうと思ったからだ。ママに言えないことは、あんずの人生で初めてだった。

気がつくと、外はとっくに日が暮れて夜になっていた。あんずは洗濯物を干しっぱなしだったことを思い出し、あわてて屋上へ向かった。

夜の物干し場は、いつもとずいぶん感じがちがった。暗く、ひっそりとしていて、何だかさびしかった。電灯は一つもついておらず、月あかりだけが洗濯物の形をうっすら浮かび上がらせている。色を失ったTシャツやパンツや下着やくつしたが、何だか親に置き去りにされたかわいそうな子供たちのように見えた。彼らはあんずのおむかえに気づくと、それを喜ぶかのように小さく体をゆらした。おそくなってごめんね、と心の中でつぶやきながら近づいたところ、かすかにただようこげくさいようなにおいにあんずは気づいた。何だろうと思ってあたりをうかがうと、右手の方でオレンジ色のあかりがホタルみたいに小さくともるのが見えた。おくれて浮かび上がる猫背のシルエットに、思わず息をのむ。ゾンビのおじさんが、屋上のはしっこでタバコを吸っていた。気配がなさすぎて、それまでちっとも気がつかなかった。

「あの……」あんずは勇気を出して声をかけた。

「……今日は、ありがとうございました」

しばらく待っても返事がないので、あんずはしかたなく洗濯物を取りこみはじめた。はずした洗濯ばさみが手からこぼれ落ち、カラリとかわいた音を立てる。

「事実、を、言った、だけだ」

拾いあげたところで、やっとそう返ってきた。会話ができている。やっぱりこの人は「あぶなくない方」だった！　今になってはっきり確信し、あんずの胸はひととき高ぶった。

「入れた、やつ、は、知り合い、か」

「え？　あ、うん、友だち……だった」

ゾンビのおじさんは何もこたえず、ふん、と鼻を小さく鳴らした。

「……あの子がなんであんなことしたのか、私、ぜんぜんわかんなくて」

言いながら、気持ちがまたどんよりとしずむ。遠くで救急車のサイレンが鳴っているのが聞こえた。

「人間、なんて、そんな、もんだ」

おじさんは手に持っていた何かにタバコをぐりぐり押しこむと、ゆっくりとした足取りで階段の方へ向かっていった。人間なんて、そんなもん。ぶっきらぼうにはなたれたその言葉に、あんずはつかの間、心が少しだけ軽くなったような気がした。


洗濯物をすべてたたみ終え、居間のテーブルでようやく宿題に取りかかろうとした時だった。あんずの耳に、ピロリン、と聞きおぼえのある音が届いた。気になってママの部屋に入ってみると、思った通り、ちらかった床の上でスマホがうつぶせになっている。またか、とあんずはあきれ顔になった。ママは時々、こういう具合におっちょこちょいなことをする。スマホ一つ取ってみても、忘れて出かけてしまうのはいつものことで、持って出たとしてもしょっちゅう落とす。だからふちはぼろぼろだし、画面にはクモの巣みたいな大きなひびだって入っている。「直さないの？」と前にきいたら、「どうせまた落とすに決まってるから」と明るく笑うだけだった。でも、本当はお金がもったいないからだとあんずにはわかっている。帰ってきたママがふんでしまわぬようベッドの上に移すと、あんずはまた居間へもどった。

『猫に小判』

『猫の手もかりたい』

『猫をかぶる』

問題を見ているうちに、猫のことが思い浮かんでついうっとりしてしまう。飼ったことはないけれど、あんずは昔から猫に目がない。見つけた猫を追いかけて迷子になってしまったことも一度や二度ではなかった。だめだめ、ちゃんと集中しなきゃ。ほっぺたをパチパチやって身をひきしめたところで、重大なことに気づいてしまう。慣用句の意味を調べる宿題なのに、ここには辞書がない。ずっと学校に置きっぱなしで、持って帰ってくるのをすっかり忘れていた。今度は自分に心底あきれる。

『かえるの子はかえる』

『うりのつるになすびはならぬ』

これでは宿題のやりようがないとしばらく頭をかかえたが、あんずはあることを思いついてふたたびママの部屋に向かった。そう、辞書がないならスマホで検索すればいいのだ！　前に一度忘れた時も、ママがスマホを貸してくれて何とかなった。重くて運びにくい辞書なんて、そもそも時代おくれなのだ。居間にもどり、なれた手つきでホームボタンを押すと、光った画面に誰かからのメッセージが表示された。

トモヤ：今度の日曜、二人で会えるの楽しみにしてるよ

誰だろうと思っているうちに画面はまた真っ黒になった。今週の日曜は、確か仕事が入ったのではなかったか。これではまるで、この人と遊びに行くみたいだとあんずは思った。もしかして、ママはうそをついているのだろうか？　相手が男の人の名前であることにも、胸のあたりがざわざわとした。

スマホをもう一度光らせる。あんずはさっきのメッセージをしばらくながめてから、ボタンをさらに押した。ホーム画面がすぐに出てくると思いきや、数字の並んだ見なれない入力画面が現れる。人に見られないようにロックがかけられているのだ。今までそんなことなかったのに、とあんずは不思議に思った。ママの誕生日を入力してみるが、スマホがちがうと首をふる。数字を反対にしてみたり、西暦だけにしてみたり、いろいろ試してはみたものの、ロックはいっこうに開かない。やけになって最後に自分の誕生日を入れたら、ようやくホーム画面が現れた。背景画像は、ママとあんずがいっしょに写っている写真だった。おととし、家族で遊園地に行った時に撮ったものだ。本当は横にパパもいたはずだが、その部分は切れている。

画面を注意深く探すが、目当てのアプリは見当たらない。今度はホームボタンを二回続けて押すと、配られたトランプみたいに使用中のアプリ画面がずらりと並んだ。その中にやっと見つけたメッセージアプリをタップしようとして、あんずは直前でやっぱりやめた。読めばあとがついてすぐにばれてしまうだろうし、それより何より、こっそり見るのはいけないことだ。

となりのカードにパパの顔らしきものがのぞいていたので、かわりにそちらをタップする。パパの写真なら別に見たってかまわないだろう。ぐん、と大きくなった画面に写っていたのは、やっぱりパパだった。けれど、横に知らない子供が写っている。幼稚園児か、一年生か、ともかくあんずより小さい女の子だ。パパはその子の肩をだいて、にっこりこちらに笑いかけている。写真の上には、「今日はみんなでお出かけしてきました」と絵文字付きの文章が書かれていた。もう一度写真をよく見ると、女の子のしているカチューシャに見覚えがあった。指で広げて大きくすると、昔あんずがパパからもらったのとまったく同じ、リボンのついた青いカチューシャだった。小さくなってもうつけられなくなったけれど、今も大事に取ってある。

この子は、誰だろう。「みんな」とは、誰のことなんだろう。あんずは調べるはずだった慣用句のことなど、すっかり忘れてしまっていた。

＊

早坂あんずは万引き女

教室に入ると、前の黒板にでかでかとそう書かれていた。クラスメイトたちはあんずの方を見ながら、友だち同士でひそひそささやきあっている。あんずが急いで消し始めると、今度はくすくす笑う声が背中から聞こえた。

その日から、あんずは教室で一人ぼっちになった。誰もあんずにしゃべりかけてこなかったし、あんずの方からも口をきかなかった。人間なんて、そんなもん。あんずは何度も自分にそう言い聞かせた。

初めて話した夜以来、ゾンビのおじさんが物干し場にいるところを見かけることはなかった。おじさんは今まで通り、アパートの前でタバコを吸っているだけだった。出かける時、または帰ってくる時、やっぱり二回に一回くらいの確率で立っていたが、あんずは以前ほどおじさんのことをいやだと思わなくなった。それどころか、ちょっとしゃべりかけてみようかと思う時さえあった。いつも一人で、さびしくないの？　誰かとしゃべりたいって、思ったりしない？　そんな風にたずねたら、ゾンビのおじさんはまたぶっきらぼうな調子で、心が少しだけ軽くなるような言葉をくれるかもしれない。そうどこかで期待している自分がいるのだった。けれど、実際にしゃべりかけることはなかった。

ある夜、あんずはゾンビのおじさんがどこかへ出かけていくのを窓から偶然目にした。

おじさんは、アパートからまっすぐにのびている道の上をたどたどしい足取りで進み、最後には角を曲がって見えなくなった。もう近所のスーパーもドラッグストアもとっくにしまっている時間だったので、少しはなれたところにあるコンビニにでも行ったのだろうとその時あんずは思ったが、次の日も、また次の日も、ゾンビのおじさんはきまって同じ時間にどこかへ出かけていくのだった。一度、がんばって夜中まで見はり続けたが、それでも帰ってこず、あんずはどこへ行っているのかいよいよ気になった。夜の散歩か、それとも、どこかへお酒でも飲みに行っているのか。（そもそも、ゾンビもお酒を飲んだりするのだろうか？）あるいは、まさか、暗闇にひそんで人間をおそっているのでは――。

あんずは思い切ってあとをつけてみることにした。

その夜、いつもの時間にゾンビのおじさんがアパートから出て行くのを確かめると、あんずは用意しておいたリュックを背負って急いで階段をかけ下りた。小走りで道を進んでいくと、まもなくおじさんの丸まった背中が見えてきた。速度をゆるめ、歩幅をわざとせまくする。そうしないとあっという間に追いついてしまいそうだった。

道ぞいに並んだ木々が、夜風を受けていっせいにざわざわゆれる。昼間はまだ夏みたいな日だってあるのに、夜はもうすっかり肌寒い。車のヘッドライトに引きのばされたあんずの影が、時計の長針みたいに大きくぐるりと回ってふっと消えた。とたんに、知っているはずの道が、まるで知らない道のように思えた。考えてみれば、夜に一人きりで外に出るのは初めてのことだった。両わきに並んでいる家々も、自動販売機も、郵便ポストも、信号も電柱も、昼間とまったく同じはずなのに、今はどれもよそよそしい顔をしていた。あんずがかろうじて知っているものは、空に浮かぶ月と、ゾンビのおじさんの丸まった背中だけだった。

やがて、目の前に大きな川があらわれた。あんずは橋の手前で立ち止まると、マグボトルに入れて持ってきたオレンジジュースを一口だけ飲んだ。甘い味が口の中に広がり、気持ちが少しほっとする。川向こうの街へわたるのは、引っ越してから初めてのことだった。うれしいのか、悲しいのか、それとも、ただなつかしいだけなのか、あんずには自分の気持ちがよくわからなかった。マグボトルをリュックの中にしまってふたたび歩き始めると、おじさんの背中はまだ橋の真ん中を過ぎたくらいのところにあった。

夜の川は墨汁みたいな暗い色をしていて、いつも見えるはずの川底が見えなかった。川向こうのあかりを水面に反射させながら、さらさらと昼間と変わらない音を立てて流れている。当たり前のことだが、川の水は夜でもちゃんと流れているのだった。もっとおそい時間、みんながすっかり寝静まった真夜中にも同じように流れているのかと思うと、あんずは何だか不思議な心持ちがした。

橋をわたりきると、まわりが急に明るくにぎやかになった。このあたりには、お酒を飲む店がたくさん並んでいる。たしか、ママが働いている店もこのあたりにあったはずである。女の人がきれいな服を着てお酒をつぎ、お客さんと楽しくおしゃべりをする店だ。

道行く大人たちの中には、酔っぱらっているのか、まっすぐに歩けていない人もいた。ある人はふらふら、ある人はよろよろ、ものすごくたよりない足取りで、ほとんどゾンビのおじさんと見分けがつかないくらいだった。あんずは顔の赤いニセモノたちの間をすりぬけながら、おじさんの背中を見失わないよう注意して歩いた。

「おい、何でこんなところにゾンビがいるんだよ！」

視線の先で、ゾンビのおじさんとすれちがった一人の酔っぱらいが急に怒鳴り声を上げた。派手なかっこうの女の人を連れた、サラリーマン風の男の人だった。

「この野郎、街から出て行きやがれ！」

彼はそう叫ぶと、おじさんの背中を思い切りけりつけた。びっくりして思わず声を上げそうになる。身がまえているはずもないおじさんは、そのまま勢いよく地面にたおれこんだ。

「ちょっと、やめなさいよ、『あぶない方』だったらどうするのよ」
「『あぶない方』だったらもうとっくに暴れまわってるだろ」

やれるもんならやってみろってんだ。そう言って女の人の肩をぐいと引きよせると、酔っぱらいは肩で風を切るようにしてあんずの横を通り過ぎていった。

おじさんはなかなか起き上がらなかった。地面にたおれているおじさんを、道行く誰もがよけて歩いた。助け起こすことはもちろん、声をかけることすら誰もしなかった。どの人も、道ばたに犬のフンでも見つけたみたいにうっすら顔をしかめ、通り過ぎるとすぐ何も見なかったような顔にもどった。

もしかして死んでしまったのでは？　誰かに頼んで救急車を呼んでもらった方がいいだろうか？　どぎまぎしながら見守っていたら、丸まった背中がようやくぴくりと動いた。やがて、おじさんは生まれたての子鹿みたいによろよろ立ち上がると、何ごともなかったかのようにまたゆっくり歩き出した。あんずはほっと胸をなでおろし、ふたたびあとをつけた。

なだらかなスロープを下りていき、線路の真下の、トンネルみたいになった通路に入っていく。水はけが悪いのか、路面にはいつかの雨がまだ残っていて、おじさんが足をふみ出すたびにピチャリ、ピチャリと音がはねた。足音を立てないよう注意深く進むあんずのわきでは、一つだけある電灯がついたり消えたりをくり返し、おじさんの背中をちかちかさせた。

駅の反対側に出ると、そこにはもうおじさんとあんず以外誰の姿もなかった。夜が暗さを取りもどし、あたりが急に静まり返る。すぐ先には大きなショッピングモールがあって、いつもは駅から歩いて向かう人たちでにぎわっているのに、夜になるとこんなにさびしい場所なのだとあんずは初めて知った。暗闇にゆれるおじさんの背中を追いながら、あんずは家族三人でよくこのあたりに来たことを思い出した。パパが青いカチューシャを買ってくれたのも、この先にあるショッピングモールだった。

まもなくすると、大きくてのっぺりとした建物がビルの間に顔をのぞかせた。夜に見るショッピングモールは、昼とはちがって何だか不気味だった。明るいふんいきは少しもなく、巨大なお墓か、つぶれてしまった工場のようにしか見えなかった。そして、ゾンビのおじさんの体は、その不気味な建物の方へと少しずつ引きよせられているのだった。やっぱり、行き先はあそこなのだろうか。もうとっくにしまっているのに、一体何をしにいくのだろう？　そう思った時だった。

「ちょっと、君」

急にうしろから声をかけられてあんずは飛び上がりそうになった。ふり向くと、警察官の男の人が立っていた。

「こんなところで、何してるの」

「えっと……塾の帰り、です」あんずはとっさにうそをついた。

「こんな時間まで？」

けげんそうな顔で見つめられて内心はらはらしたが、

「最近の子は大変だねえ」と、とりあえずは信じてくれたみたいだった。

「どっちの方に帰るの？」

あわててでたらめに指さすと、警察官は「じゃあせめてあっち側の明るい道を通って帰りなさい。暗い道はあぶない」と優しげな声で言った。はい、と元気よくこたえ、あんずは来た道をもどり始めた。

「気をつけて帰るんだよ」

しばらくそのまま道を行き、やがて、警察官がいなくなったのを確かめると、あんずは急いでさっきの場所にもどった。ところが、ゾンビのおじさんの姿はもうどこにも見当たらなかった。まるで、夜に吸いこまれて消えてしまったみたいだった。


明るくにぎやかな街を通りぬけ、橋をわたってまた暗い街にもどる。あんずは川ぞいの通りで立ち止まると、こうこうと光る川向こうのあかりや、競うように夜空へのびる背の高い建物の数々をながめた。いつになったら、向こうへ帰れるのだろう。一体いつになれば、パパとママとあんずの三人で、もう一度暮らせるようになるのだろうか？

ママとパパが別れてしまったのは、自分が悪い子だったからだ。

ばちが当たってしまったのだ。

あんずはいつからかそう思うようになった。

だから、ママと二人で暮らすようになってからは、すすんで洗濯やそうじや料理の手伝いをするようになった。わがままも文句も言わず、ずっと一人で留守番をしてきたし、ほしいものがあってもがまんして、ママをこまらせないようにしてきた。猫を飼いたいとねだるのもやめたし、宿題だって、忘れず、さぼらず、きちんとやるようになった。すべて、神様に見てもらうためだった。あんずはごらんの通り心を入れかえて、いい子でいます。だからどうか、家族を元通りにしてください。そう神様にアピールするためだった。

けれど、神様はなかなか許してくれない。学校でのことも、きっと天罰なのだろう。神様は、腕組みをしながら空の上で見ているのだ。あんずがそれでもいい子でいられるかどうかを。だから自分はがまんして、変わらず、引き続き、いや、もっともっと、いい子でいなければいけない。

そこまで考えて、あんずははっとした。夜に一人で出歩くなんて、ものすごく悪いことなのではないか？　急に気持ちがあせり出し、早足になって帰り道を急いだ。

夜が深まったからか、道はさっき通った時よりもさびしく感じられた。電柱も信号も、両わきに立ち並んだ家々もさらによそよそしく、道をかすかに照らしてくれていた月さえ、今はもうすっかり雲の間にかくれてしまっている。あんずは、スイカ割りで目かくしをされて歩いている時のような心もとない気持ちになった。ママのスマホに届いていた男の人からのメッセージや、あんずを無視するクラスメイトたちの顔、黒板に書かれた「万引き女」の文字や、パパといっしょに写真に写っていた知らない女の子の顔が、頭の中で洗濯物みたいにぐるぐる回り始めた。それは、あんずをとてもいやな気持ちにさせた。ママはあれからも休みの日に出かけているし、いつも夜おそくまで帰ってこない。その間、あんずはずっと一人ぼっちでいる。学校でも、家でも、ずっと一人ぼっちだ。いやな気持ちをふりはらうように、あんずは走り出した。ところが、どれだけ速く走っても、それは影のようにぴったりあんずについてくるのだった。

ようやくたどりついたアパートは、何だか知らない人の家みたいに見えた。玄関のドアをこわごわ開けると、あかりがつけっぱなしになったいつもの部屋がちゃんとあった。けれど、それはいつもよりずっとさびしい場所に見えた。ただいま、おかえり。あんずは消え入りそうな声でそっとつぶやいた。

＊

誰とも口をきかない日々はそれからも続いた。

思ったより、一人ぼっちのままでも学校生活で特にこまることはなかった。幸い、机に何か書かれたり、物をかくされたり、トイレでバケツの水をかけられたりといった、ドラマで見たようなひどいことはされなかったので、これくらいならがまんできる、とあんずは自分に言い聞かせた。がまんしていれば、きっといつかいいことがある。

ところが、やっぱりそのままというわけにはいかないようだった。ドラマの中でいじめっ子が机に落書きをしたり、物をかくしたり、トイレで水をかけたりするのは、その方がお話として面白いからだ。逆に言えば、そういうことがないと、たいくつでつまらない。彼らもそれと同じであるようだった。

ある日の帰り道、あんずは突然うしろから誰かにつき飛ばされた。

運悪く上着のポケットに手を入れていたものだから、ごつごつしたアスファルトの上にほとんど顔から着地するようなかっこうで転ぶはめになった。打ちつけた鼻から血がだらだら流れ出し、あんずはパニックになった。逃げていく足音が背中で聞こえたが、ふり返って顔を確かめる余裕もなかった。あまりの痛さに、涙もしばらくの間止まらなかった。

やっとのことでアパートまでたどり着くと、今度は手さげかばんのポケットに入れていたはずのカギがどこにもなかった。きっと、転んだ時に落としてしまったのだろう。鼻も、すりむいた顔も、ずきずき、じんじん、ひどく痛んだ。早く手当てをしたかったが、カギがなければどうしようもない。とはいえ、転んだ場所まで探しにもどる気力はもうなかった。大家さんの住んでいないアパートなので、たのんですぐに開けてもらうこともできない。どうやら、ママが昼の仕事から帰ってくるまで待つしかないようだった。あんずは通路に座りこみ、すっかり途方に暮れた。鼻血はどうにか止まったが、心細くて涙の方がまた流れ始めた。

数分後、誰かが階段を上ってくる足音に気づいてはっと顔を上げた。このアパートにはエレベーターがなく、二階より上の部屋に行くにも、屋上の物干し場へ行くにも、住んでいる人はみんな真ん中にあるこの階段を必ず通ることになる。

あんずは迷った。見えないところにかくれるか、それとも、勇気を出して助けを求めるか――。引っ越して来たばかりのころに何度かあいさつを交わしたくらいで、同じアパートの人とはこれまでほとんどしゃべったことがなかった。川向こうに住んでいたころのご近所さんとはふんいきがちがう気がして何となくこわかったし、どうせすぐに元のタワーマンションにもどるのだから仲良くなってもしかたがないとどこかで思っていたのだった。

あんずは祈るような気持ちで階段の方を見つめた。もしかしたら、ママがいつもより早く帰ってこられたのかもしれない。前にも一度そういう日があったから、可能性はゼロではない。神様、どうか、そうでありますように。

ところが、姿を現したのはママではなく、何と、ゾンビのおじさんだった。

洗濯カゴを持ってゆっくり階段を上ってきたおじさんは、あんずに気づくとその場で立ち止まった。じいっと顔を見つめられ、こらえきれずに目をそらす。

「その、顔、は、どうした」

意外にも、今度はおじさんの方から話しかけてきた。

「……こけた」

「なぜ、中に、入ら、ない」

「カギ、なくした」

ママが、帰ってくるまで、入れない。しゃくり上げながらあんずはこたえた。

「いつ、帰って、くる」

「たぶん、一時間、後、くらい」

おじさんはしばらくだまりこくっていたが、やがて、くるりと背を向け、せっかく苦労して上ってきた階段をゆっくり下りはじめた。どうしたのだろうと思っていると、ふり返って一言、あんずに向かってこう言った。

「来い」


一階まで下りると、ゾンビのおじさんは北側にのびる通路の方へ足をふみ出した。少し距離をとってあんずも後に続く。このアパート「コーポそれいゆ」は、外から見ると一続きの建物に見えるけれど、中は階段をはさんで北と南にきっぱり分かれている。あんずの住んでいる部屋は二階の南側なので、このあたりにどんな人が住んでいるのか少しも知らない。通路は二階よりもしんとしていて、二人の足音がやけに大きくひびく。南側と同じ数だけ並んだ部屋は、どこも空き部屋なのか、人の気配がまったく感じられなかった。

やがて、おじさんが足を止めたのは、一番はしっこにある部屋の前だった。カギをかけていなかったらしいドアをおじさんがゆっくり開けると、キィィ、とこわい映画のような音がした。

「はい、れ」

あんずは一瞬ためらったが、ここまで来て入らないのも何だか悪いような気がして、おそるおそる中へ入った。うす暗い空間に目をこらしていたら、背中で突然ドアがしまって思わず首をすくめる。ゾンビのおじさんは玄関を上がってすぐのところにある小さなキッチンを通り過ぎると、仕切り戸を引いて奥の部屋――あんずとママが「居間」と呼んでいる部屋だ――に入り、つき当たりにある窓をがらりと開け放った。ようやく見通せた部屋の内部は、あんずの住む部屋とまったく同じつくりをしているようだった。ただ、窓の向こうに大きな木が立っているせいでいくぶん日当たりが悪く、心なしか空気までどんよりとして感じられた。キッチンにも部屋の中にもほとんど物が見当たらず、人が生きて暮らしている感じのあまりしない、何だかうす気味悪い部屋だとあんずは思った。いつでも逃げられるようにドア近くに立ったままでいると、部屋からもどってきたおじさんがバスルームの方をゆっくり指さした。

「顔、を、洗え」

どうしようかと迷っていたら、おじさんはそばにあった銀色のやかんをあんずの顔の前にぐいっとつき出した。つるりと光る表面に血まみれのお化けが映り、わっ、と思わず声が出る。

「血を、洗い、流せ」

あんずは上がり口に荷物を置くと、あわててバスルームの中へ入った。痛みをこらえて必死に血を洗い流し、改めてちゃんとした鏡で確かめてみるが、見た目のひどさはそれほど変わらなかった。おでこと鼻と、それから、ほっぺたの上のところの皮ふがえぐれ、ぬらぬらグロテスクに光っている。鏡の中で深いため息をついたところ、今度は来てしまって本当によかったのだろうかという不安が急に頭をもたげた。知らない人についていってはいけない――小さいころからずっと、ママにそう言われ続けてきた。でも、果たしておじさんは「知らない人」なのだろうか？　何度も見ているし、しゃべったこともある。ドラッグストアでは助けてもらったし、そもそも、こうして同じアパートに住んでいるご近所さんではないか。

それでも、知ったらママはきっと怒るだろうとあんずは思った。だって、おじさんは何といっても「ゾンビ」なのだ。「あぶなくない方」だからといって、本当に安全かどうかなんてわからない。そう考えると、あんずはとたんにおそろしくなった。このままこっそり逃げてしまおうか。そうだ、それがいい、そうしよう。ぬれた顔をハンカチで急いでふくと、あんずは音を立てないようにそうっとバスルームのドアを開けた。すると、明らかに人間でないものの目がこちらをのぞいていたのでぎょっとした。

「え？」

一匹の猫が、床にちんと座ってあんずを見上げている。

全身にしまもようの入った、雑種の茶トラ。その愛らしさに、あんずの胸は一気に高鳴った。バスルームを出てそろりと近づいたところ、猫はとたんに警戒したような姿勢になった。

「……大丈夫、こわくないよ」

ささやきながら手を伸ばすが、やっぱりお化けだと思われたのか、猫はぱっと身をひるがえして部屋の方へかけ出した。

「あ、待って！」

後を追って中に入ると、猫は引き戸のすき間を通ってわきの小部屋へ逃げこんでしまった。さすがにそこまで追いかけるわけにもいかず、あんずはがらんとした部屋の真ん中に立ちつくした。となりに並んだもう一つの小部屋からは何やらガチャガチャ音がしているので、ゾンビのおじさんはそこにいるのだろう。逃げるなら今だ――。そう思った瞬間、背中側にずーんと重々しい気配を感じ、おそるおそるうしろをふり返った。

そこには、巨大な本棚があった。あんずの身長よりはるかに高く、北側の壁いっぱいに、天井すれすれの高さまでそびえている。中には上から下までびっしり本が並べられていて、まるで川向こうにある大きな図書館みたいだとあんずは思った。猫と、図書館みたいな本棚と、びっしり並んだたくさんの本。さっきまでうす気味悪いと思っていた部屋が、急にきらきらして見えた。


「少し、しみる、ぞ」

おじさんの手が顔までゆっくり伸びてきて、あんずは反射的にぎゅっと目をつむった。しめった冷たい感触とともに、傷口がひりひり痛み出す。コットンには消毒液をしみこませてあるらしく、さっき水で洗った時よりずっとしみた。痛みに顔をゆがませながら、あんずは先生が授業で言っていたことを思い出していた。ゾンビ・ウィルスは、傷口から体内に入りこむ――。自分は今、よりにもよってゾンビの前で傷口をさらけ出している。そう思うと心臓がドキドキ音を立て、体がいっそうこわばった。

「痛い、か」

「……うん、ちょっと」

うす目を開けると、おじさんの顔がすぐ近くにあった。それは、思っていたよりずっときれいな顔だった。血の気のないうすむらさき色をしているが、パパと昔見た映画のゾンビみたいに血が出ていたり、皮ふがくさっていたりはしていない。これなら今の自分の方がよっぽどゾンビらしい顔をしている、とあんずは思った。まぶたの重たそうな目は黒目の色がシベリアンハスキーみたいにうすく、近くを見ているはずなのに、まるで遠くの景色でもながめているよう。消毒液のにおいにまじって、タバコとえんぴつとコーヒーをごちゃまぜにしたようなにおいが鼻をくすぐる。いいにおいとまでは言わないが、それほどいやなにおいでもなかった。ゆっくりと傷口をふかれるうち、あんずの体のこわばりはしだいに解けていった。

「こないだ、と、同じ、やつら、か」

サイズを測っているのか、今度は大きなガーゼをあんずの顔にかざしながらおじさんがたずねた。

「わからないけど、たぶん」

「ひどい、ことを、する」

「でも、ゾンビだって人間食べちゃうじゃん」

はずみでつい言ってしまい、あんずはしまったと思った。怒り出すだろうかと様子をうかがっていたら、「そう、だな」とおじさんが口のはしをぐにゃりと曲げて言った。もしかして、笑ったのだろうか？

「おじさんも、よくケガするの?」

「なぜ」

「だって、消毒液とかガーゼとか、持ってるから」

言ってすぐ、川向こうで酔っぱらいにけり飛ばされていたおじさんの姿を思い出す。ふれてはいけない部分にふれてしまったような気がして、何となく気まずくなった。

「……ねえ、ここにある本、全部読んだの」あんずは話題を変えるつもりでおじさんにたずねた。

「だいたい、は」

「読書、好きなの」好きなのだろうと思いながらきいたが、おじさんはあぶなっかしい手つきでハサミを動かしながら、他にすることがないだけだ、とぶっきらぼうな調子で言った。

「お仕事とか、してないの?」

そうきくと、している、と返ってきたのであんずは意外に思った。毎日アパートの前でタバコを吸ってばかりいるので、てっきり働いていないものと思いこんでいたのだ。

「何のお仕事してるの」

「やかん、警備、員」

「やかん?」さっきキッチンで見た銀色のやかんを思い出す。

「夜の、間、で、夜間」

続けておじさんは働いている場所を言い足した。この間の夜、あとをつけて近くまで行ったあのショッピングモールだった。あんずは突然の答え合わせに納得がいく一方で、なんだつまらない、とも思った。何のことはない、おじさんはただ毎日仕事に行っていただけなのだ！

「やかん警備員ってどんなことするの」

「異常、が、ないか、見回る」

「誰もいないのに？」

「誰も、いない、から」

誰もいないショッピングモールの中を、警備服に身をつつんだおじさんが一人きりでゆっくり歩いているところをあんずは思い浮かべた。それは、なかなか悪くない光景だった。そういえば、昔パパと見た映画でも、ゾンビはショッピングモールの中をうろうろしていた。ゾンビはショッピングモールが好きなのだろうか？

「ありがとう」

どうやら手当てがすんだようなので、あんずは小声でお礼を言った。おじさんは何もこたえず、立ち上がってキッチンの方へのそのそ歩いていった。手でさわって確かめると、ガーゼはかなり大きめにカットされたようで、もはや顔の半分近くをおおっていたが、そのやわらかい感触はあんずをいくぶん安心させもした。あんずはおもむろに立ち上がると、巨大な本棚を改めてじっくりながめた。

「ねえ、この中に私でも読めるような本って、ある？」

仕切り戸の向こうでおじさんが何かこたえたが、何と言ったのかあんずにはよく聞こえなかった。かまわず本のタイトルを目で追っていると、いつの間に小部屋から出てきたのか、さっきの猫がななめうしろを横切るのがわかった。今度はわざと気のないそぶりをし、安心しきった猫が窓の方を向いて寝そべるのを横目で確認すると、あんずはぬき足差し足でそうっと近づき、一気にぱっとだき上げた。

「つかまえた！」

猫は最初こそいやがって脚をばたつかせたが、あんずががっちりだきすくめると、あきらめたのかすぐにおとなしくなった。猫の体はぷにぷにしていて、温かくて、顔を近づけるとほんのり動物園のにおいがした。

ようやく部屋にもどってきたおじさんは、あんずが猫をだいているのに気がつくと、その場で固まったようになった。

「かわいいいね。この子、名前何ていうの」

「……シュレ、ディン、ガー」

「シュレディンガー？　長い名前だね」

おじさんは口のはしをわずかに曲げた。きっと、笑ったのだろう。

「でもさ、ここのアパートってペット禁止じゃなかったっけ？」

そう言うと、うすむらさきの顔が心持ち青くなった。それを見てあんずはにやりとした。

「あのさあ、この子に、また会いに来てもいいよね？」

＊

ゾンビも、人間と同じようにごはんを食べる。飲み物だってふつうに飲む。たぶん、お酒も飲める。タバコを吸うことも、もちろんできる。お酒やタバコがゾンビの体に悪いのかどうかは、わからない。

ゾンビは、少ししか眠らない。みんなが寝ている夜の間も、ずっと起きていられる。だから、夜中の仕事だってへっちゃらだ。動きも言葉もお年寄りみたいにゆっくりだけど、頭はとてもしっかりしている。難しい本だって余裕で読める。漢字もたくさん知っている。

「ねえ、前から思ってたんだけどさあ」

シュレディンガーをなでながら、あんずは窓の外のおじさんに向かって話しかけた。

「なんでいっつもそうやってずーっと外にいるの」

おじさんはあんずが遊びに来ると、なぜか逃げるように外に出ていってしまう。木のそばでいつまでもタバコを吸っていて、あんずが帰ると言い出すまでもどってこない。だから、あんずはいつもこうして窓ごしにおじさんと会話した。

「タバコの、けむり、で、壁が、黄色く、なると」

「黄色くなると？」

「敷金、が、返って、こない」

「……しききんって何？」

洗濯物を干し終えてからママが帰ってくるまでの間、あんずは時々おじさんの部屋を訪ねるようになった。シュレディンガーと遊び、本を読み、気に入ったものがあったら借りて帰った。

あんずは本が好きだった。自分よりもう少し年上の子が読むような長い本だって平気で読めたし、言葉や漢字も同級生よりたくさん知っていた。特に好きだったのは、魔法使いの出てくる物語だった。ほうきで空を飛び、水や炎を自由にあやつり、ケガを治したり、時間を止めたりできるような、そんな魔法使いに小さいころはあこがれたものだった。さすがにもうなりたいとは思わなくなったが、魔法の出てくる物語を読むのは今でも好きだった。だから、最初はおじさんの本棚からもそういう本を探し出そうとした。ところが、これがちっとも見つからない。一冊ずつ見ていくのも骨がおれるので、あんずはある時、窓の外のおじさんに直接たずねた。

「ねえ、この中に魔法の出てくる本ってない？」

おじさんはしばらく考えた後、部屋にもどってきて棚の上の方から一冊の古い本を取り出した。あんずにそれを手わたすと、何も言わずにまた出て行ってしまう。表紙を見るとぴかぴかした字で『魔術』と書かれており、作者の名前も聞いたことがあったので、あんずはわくわくしながら本を開いた。それから三十分後、あんずが口にした感想は「なんかちょっとちがう」だった。

「どう、ちがう」タバコをくわえたおじさんがきき返す。

「だって、魔法が出てこないじゃん」

「石炭、が、金貨に、変わる」

「そうだけど……」

「最後、が、おも、しろい」

「最後は、まあ……いや、でも、何ていうか、ちがうの！　もっとないの？　ほうきで空飛んだり、炎をあやつったりする感じのやつ！」

おじさんはタバコのけむりをゆっくりはき出すと、そういうのはない、ときっぱり言った。

「えー、こんなにたくさんあるのに？」

「逆、に、言えば」

「逆に言えば、何？」

「そこに、あるのは、全部、魔導書、みたい、な、もんだ」

「マドーショって、魔法のやり方がのってる本のこと？」

「そう、だ」

「……どういうこと？」あんずは首をかしげて言った。

「望めば、こたえて、くれる。本は、誰のこと、も、見捨て、ない」

あんずはますます首をかしげたが、おじさんはそれ以上何も教えてくれなかった。


その後はおじさんに言われた通り、読めそうなものを手当たりしだいに読んでいったが、やっぱり物語に魔法が登場することはなく、おじさんの言った意味もわからないままだった。そこで、あんずはすっぱり魔法をあきらめ、それまで学校の図書室で見向きもしなかったような、古くて、少し難しい本をここでは読むことにした。知らない言葉や漢字がしきりに出てくるので、そのたびにおじさんにたずねていたが、めんどうくさくなったのだろう、ある時どさっとあんずの前に辞書が置かれた。それからは、わからない言葉を一つ一つ自分で調べながら読んだ。調べる手間の分だけ読み進めるのに時間はかかったが、言葉がわかるようになると、物語は心の中にすっと入ってくるようになった。あんずはメロスといっしょに走り、トロッコに乗っていった先からの帰り道で心細くなり、よだかの思いに胸を痛めた。アンとまわりの人たちとの関係に心を温められ、又三郎の不思議な雰囲気にひかれ、鉄三の作文に涙を流した。

おじさんの部屋にある本の中には、あんずが最近気づき始めていたもの――「うれしい」とか「悲しい」よりもややこしくて、正しい呼び名のわからないいろんな感情――が書かれていた。読むと必ず、わかるような、わからないような、もやもやとした心持ちになったが、それでも、世界の重大な秘密に自分だけがふれているような、ひっそりとしたよろこびがあった。あんずは本を読むことにますます夢中になっていった。

「ねえ、本高くて届かない。おじさん、取って」

窓の外に向かって呼びかけるが、おじさんの返事はない。

「ねえってばあ」

あんずは学校で「万引きゾンビ」と呼ばれるようになった。「万引き女」から、さらに進化をとげたのだ。たぶん、顔のケガのせいだろう。すりむいた部分が黄色やオレンジや茶色のかさぶたになって、よりいっそう目立つようになった。誰もがお化けを見るような目であんずを見、そして、それぞれのやり方で「お前がきらいだ」と伝えてきた。教科書に落書きをし、物をどこかにかくし、あんずのいない間に机とイスを教室の外に出した。女子たちはあんずのことをくすくす笑い、そうかと思うと、この世界に存在しないかのように無視した。男子たちはあんずのさわったものに「ゾンビ・ウィルス」がついていると言って、休み時間になすりつけ合いのようなことをしてふざけた。それでも、あんずはじっとたえた。帰り道では決してポケットに手を入れず、つねにまわりを見ながら用心して歩いた。あんずがいやなことを考えずに安心していられるのは、おじさんの部屋で物語の中にいる時だけだった。

「背、高いね」

本に手を伸ばしたおじさんにそう話しかけると、

「お前、が、小さい、だけだ」とぶっきらぼうに返される。

おじさんはあんずに本を手わたすと、また、のそのそ部屋から出て行った。タバコのにおいがほんのり部屋に残った。

ある日、あんずはめずらしく学校帰りにより道をした。

その日はカゴにたまった服が少なく、洗濯は次の日にまとめてすることにしたのだ。近所の小高い丘にある有名な神社を訪ね、家族が早く元通りになりますように、と神様にお願いをした。緑の中にあざやかな朱色の鳥居が立ち並ぶ、とてもきれいな神社だった。紅葉の時期にはたくさんの人でにぎわうらしいが、今はまだ人が少ない。

お参りを終えてきびすを返したところ、入り口のところで何やらもたもたしている人影が目に入った。車いすを押しているおばあさんが、参道の段差を乗りこえられずに困っているようだった。車いすには、やせたおじいさんがちょこんと座っている。あんずはかけよって二人の手助けをすることにした。まずは後輪の内側にあるレバーを踏んで、車体をうしろにかたむける。浮いた小さな前輪を段の上に乗せると、今度は後輪をぴったり段差部分に押しつけて、そのままよいしょと前に押す。そうすれば、大きな後輪は段差をやすやすと乗りこえてくれる。課外学習で老人ホームを訪ねた時に教わったことだ。

「ごめんなさいね、私、力もないし、足も少し悪くって」

おばあさんは申し訳なさそうにほほえんだ。上品な雰囲気の、優しそうなおばあさんだった。どういたしまして、とあんずも笑顔を返す。

「あら、あなた、それ、大丈夫?」おばあさんがケガに気づいてそうきくので、

「あ、大丈夫です」とはにかみながらこたえる。ママ以外の人にケガを心配されたのは初めてだった。

「つかぬことをきくけれど、あなた、もしかして『コーポそれいゆ』にお住まい?」

「え? あ、はい、そうですけど……」

「やっぱりそうよね。何度か窓から見かけたことがあるもの。私たちもね、そこに住んでるの」

あんずは驚くよりも先に気まずい気持ちになったが、

「いいのよ、知らなくて当然。私たち、普段あんまり外には出ないから。でもね、今日は

とってもお天気がよかったから、久々の遠出」

おばあさんはそう言ってうれしそうにほほえんだ。

長い参道にはいくつか段差があったので、それからもあんずが車いすを押していった。

彼らが無事にお参りを終えると帰り道にも付き合い、道がすっかり平らになったところで別れた。おばあさんは何度もお礼を述べ、スーパーへ向かうあんずにいつまでも手をふった。車いすに乗ったおじいさんは最後まで何もしゃべらなかったが、ずっとにこにこ笑っていた。その顔を見ながら、何だか神様みたいだとあんずは思った。角を曲がる前にもう一度ふり返ると、二人の姿はいつの間にか消えていた。


その週の土曜日、あんずがママとお昼のテレビ番組を見ていたら、突然インターホンが鳴った。玄関に出たママが何やら話をし出したので、誰だろうかと気になって仕切り戸のすき間からのぞいたところ、立っていたのは何とこの間のおばあさんだった。神社で会って以来一度も見かけず、やっぱりあの二人は神様が変身した姿だったのでは、などと思い始めていたから、本当にご近所さんだったことにあんずはかえって驚いた。それどころか、住んでいるのはあんずたちのちょうど真下の部屋だという。おばあさんは神社でのことを楽しそうに語り、改めてママにもお礼を言いに来たのだと言った。あんずのことをあんまりほめちぎるものだから、うれしいような、こそばゆいような、何とも言えない気持ちになった。

　それからあんずはおばあさんとよく顔を合わせるようになった。おばあさんはあんずに会うといつもうれしそうに笑ってくれたし、そのまま部屋にまねかれて紅茶とお菓子をごちそうになることもあった。しばらくすると、三人で散歩に出かけるようにもなり、その時にはあんずがすすんで車いすを押した。ずっと欲しかった「おじいちゃんとおばあちゃん」ができたみたいで、あんずはとてもうれしかった。ママは若いころに親と大げんかをしたらしく、田舎には一切帰らなかったし、死んでしまったパパの親にはうんと小さいころに会ったことがあるだけで、ほとんど記憶に残っていなかった。

「そう、じゃあ、私たちのことを本当のおじいちゃんおばあちゃんだと思ってね」

　おばあさんはそう言ってあんずに優しく笑いかけた。その日は休日で、おやつに呼ばれてそのまま長くおじゃましてしまい、気がつくともう日が暮れはじめていた。部屋の中がうす暗くなってきたので、あんずは気をきかせて電灯のスイッチを入れにいった。ところが、押しても部屋が明るくならない。カチカチ何度も鳴らしていると、

「それね、少し前から切れてるの。でも、私、こんなだから」

とおばあさんが気まずそうに言った。足のことを言っているようだった。

「じゃあ夜、ずっと暗いままでいるの？」

そんなの不便じゃん、私がかえてあげるよ――。えらそうに言ってはみたが、背の順に

並ぶといつも前の方になるあんずの身長ではテーブルの上に立ってもぎりぎり指がふれるくらいで、蛍光灯を取りかえるのはとても無理だった。背の高いママならお茶の子さいさいだろうが、あいにくその日も昼から出かけていて、帰りは夜おそくなるということだった。

「そうだ、ちょっと待ってて！」

あんずはおばあさんの部屋を飛び出すと、長い通路を北の端まで一気に走りきり、ドアを勢いよくノックした。反応がないので、また外でタバコを吸っているのだろうと身をひるがえしたところ、きい、と音が鳴ってドアがちょっとだけ開いた。

「おじさん、ちょっとたのみがあるの！」

顔をつっこんで手短に説明すると、ゾンビのおじさんはしぶしぶ部屋から出てきた。シュレディンガーのことをばらされたくないからか、それとも根がもともと親切なのか、おっくうそうなそぶりは見せつつも、あんずのたのみはたいてい聞き入れてくれる。

「おばあさん、手伝ってくれる人つれてきたよ！」

ドアを開けて得意げに言うと、奥の部屋から出てきたおばあさんは「あら」とうれしそうな声を出した。けれど、おじさんの姿を見るなり、その顔からほほえみがさっと消えた。一瞬で、その場の空気がこおりついたようになった。

「あんずちゃん。悪いけど、帰ってもらってちょうだい」

おばあさんが冷たい口調で言う。それまで見たことのないような、とてもこわい顔をしていた。あんずはわけがわからず、どうして、と小声でつぶやくのがやっとだった。

「いいから、帰ってもらって」

ゾンビのおじさんは無言のまま、ドアをゆっくり開けて出て行った。おばあさんも何も言わず、くるりと背中を向けて奥の部屋に戻っていく。あんずは少し迷った後、スニーカーをぬぎ捨てておばあさんの後を追った。

「ねえ、私、何か悪いことしちゃった?」

さらに日がかげったのか、部屋の中がさっきより暗かった。カーテンだけがうすい灰色に光っていて、テーブルにも、ガラス戸のついたかざり棚にも、それから、車いすに座ったおじいさんにも、いつか美術館で見た絵のような青い影がさしていた。

「ううん、いいの。もう、あかりはこのままでいいわ。夜なんて、どうせただ眠るだけですもの」

ダイニングチェアに腰かけたおばあさんの顔がよく見えない。かざり棚に並んだ外国の人形の顔が、どれも不気味に思えた。あんずは急に、ひどく落ち着かないような気持ちになった。

「……じゃあ私、そろそろ、帰るね」

「そうね。もうおそいものね」

あんずは逃げるようにおばあさんたちの部屋を後にした。

＊

「ねえ、どうしておじいさんとおばあさんは、いい人たちだったのに、大事に育ててきた人魚の娘を売っちゃったんだろう」

あんずは外にいるゾンビのおじさんに向かって話しかけた。

今読み終えたばかりの童話のことである。人魚の赤子を拾ったろうそく屋の老夫婦は、その子を大事に育て、優しく美しい娘へと成長させた。ところが、人魚を見世物にして金をもうけようとする男にそそのかされて「鬼のような心持ち」になってしまい、ついには娘を売り飛ばしてしまう。その変わりようがあんずには理解できなかった。

「そもそも」おじさんがゆっくり口を開く。

「いい人、だ、という、前提、が、間違って、いる」

「ぜんてい？」あんずはまゆをひそめて言った。おじさんの使う言葉は時々難しい。

「人、には、いろんな、顔が、ある」

あんずに見せる、優しい顔。ゾンビのおじさんを見た時の、鬼のようにこわい顔。あんずは下の階に住むおばあさんのことを思い出していた。どちらもおばあさんの持つ顔で、洗濯物みたいにぐるぐる回っているということなのだろうか。

「それから、もう、ひとつ」

おじさんは煙を最後まで吐ききると、言葉をゆっくりついだ。

「娘、が、人魚、だった、から」

人魚は、不吉だ。手元からはなさないと悪いことが起こる。老夫婦は男にそう言われて、娘を手ばなしてしまう。もし娘が人間だったら、そんなことはしなかったのだろうか？　おばあさんは、やっぱりおじさんがゾンビだから、あんなに態度が変わってしまったのだろうか？　おそろしいから？　いや、おそろしいというより、ゾンビのことをものすごくきらっているような感じがした。何か理由があるのかもしれない、とあんずは思った。まだ自分の知らない、おばあさんの顔が――。

「人間と、人間以外、の、者は、わかり、あえない」

おじさんは言葉を一つ一つ、空中に置いていくようにしゃべった。

「たがい、に、かかわる、べきでは、ない」

その言葉を聞いて、あんずはなぜだか急に悲しくなった。

「……それで、一人ぼっちになっちゃっても？」

あんずの問いかけに、おじさんは何もこたえてくれなかった。どうやら会話はもうおしまいのようだった。あきらめて、あんずは持っていた童話集を本棚に戻した。となりにあった本がふと気になり、パラパラとてきとうにめくってみたが、タイトルがひらがなのわりには中身が難しそうで、自分にはまだ読めそうにないとあんずは思った。それでも何となく割り切れずにめくり続けていたら、うしろの方のページにはさまっていた何かがコトンと床に落ちた。拾い上げてみると、それは一枚のポストカードだった。どこかの街の写真が全面に印刷されている。赤、青、黄色、水色、緑、オレンジ、エメラルドグリーン、ピンク。そこには、うそみたいな色をした建物がひしめきあうように並んでいた。カラフルで可愛くて、まるでおもちゃの街みたいだった。うら返してあて名を見てみるが、漢字が難しくて「木」と「健康」の「康」しかわからない。送り主は「吉本もなみ」という人だった。たぶん女の人だろうとあんずは思った。文面は短く、

『無事でいますか。もし無事なら、返事をください』

とあるだけだった。おじさんに送られたものだとようやく思い当たり、あわてて本の中に戻す。幸い、おじさんには気づかれていないようだった。

ゾンビのおじさんにも、名前があったのだ。そんな当たり前のことにあんずは初めて気がついた。そして、それは、あんずのまったく知らないおじさんの顔だった。

次の日から、雨が降り続いた。

学校が終わって校舎を出ようとしたら、傘立てにあんずの傘がなかった。間違えて持っ

ていかれたのか、誰かがわざとかくしたのか、いずれにしても腹が立った。雨はひどいどしゃ降りで、傘なしにはとても帰れそうになかった。あんずはまわりに誰もいないことを確かめると、傘立ての中から自分の傘と同じ色のものを一本引きぬいた。仕返しができたような気がして、心の中がすかっとした。

はげしい雨の中をアパートまで帰ってくると、ちょうど入り口のところでおばあさんと出くわした。お茶でもいかが、と優しい笑顔で言われてほっとする。あんずの知っている、いつも通りのおばあさんだった。ランドセルを自分の部屋に放り投げると、あんずはすぐさまおばあさんの部屋へと向かった。いつものようにおいしいケーキをごちそうになり、いちごの香りのする紅茶をいただく。おばあさんは、おじいさんといっしょに行ったという外国の話をしてくれた。二人は若いころにいろんな国へ旅行していたようだった。あんずはおばあさんに、おじさんの部屋で見たポストカードの街についてきいてみた。カラフルで、うそみたいな、おもちゃの街。

「さあ、どこかしら。イタリアの方にそんな感じの街はあったけれど……でも、そのポストカードに海は写ってないのよね？」

「うん。ずーっと遠くまで、ぎゅうぎゅうに家が並んでるの」

「じゃあ違うわね……。そこは海のすぐそばにある街だったから。あとは、青一色とか、屋根が見渡す限りオレンジ色とか、そういうのはたくさん見たことがあるんだけど……そんなにカラフルなのは、少なくとも私たちが行った範囲では覚えがないわね」

やっぱりあれはパソコンか何かで作ったうその街なのだろうか、とあんずは思った。

おばあさんが食器を片付けている間、あんずは部屋のかざり棚を改めてじっくりながめた。棚は、部屋の中で一番面白い。人によって全然違う。ゾンビのおじさんの棚が本だけでびっしりうめつくされているのに対し、こちらの棚にはいろんなものが並んでいる。外国の人形、見るからに重そうな画集、英語の書かれたたくさんのCD。端の方には写真立てもいくつかあった。あんずは若い男女が写った古そうな写真を見つけ、

「もしかしてこれ、おじいさんとおばあさん?」とうしろにいたおじいさんにたずねた。

質問がわかっているのかいないのか、おじいさんは変わらずににこにこしているだけだったが、その顔と写真を見比べ、あんずは間違いなくそうだと思った。しばらくながめてから元の場所に戻すと、となりにまた別の顔があった。さらに若い、中学生か高校生くらいの男の人だった。これも、おじいさんだろうか?

「それはね、私たちの息子」

片付けを終えて戻ってきたおばあさんが、あんずの肩ごしにのぞきこんで言った。

「へえ、そうなんだ」

あんずは写真をまじまじと見た。考えてみれば、お子さんの話を聞くのは初めてだった。

どこに住んでるの、とたずねると、おばあさんはほほえみを浮かべたまま人差し指を天井

に向けた。

「えっ、上の階？　……は、私ん家だから、三階ってこと？」

おばあさんは首をゆっくり横にふった。はっと気づいて、あんずは言葉を失った。

「生きてたら、あなたのお母さんよりちょっと上くらいかしらねえ」

そう言いながら、おばあさんはダイニングチェアにゆっくりと腰かけた。

「結婚もして、あなたみたいにかわいい孫が、私にもいたかもしれない」

「……どうして、死んじゃったの」

あんずがおそるおそるたずねると
「ゾンビに、食べられちゃったの」とおばあさんは言った。

かける言葉が見つからず、あんずはそのままだまりこんでしまった。パンデミックの時にはたくさんの人が死んだのだと学校の授業で習いはしたが、実際に家族を失った人に会うのは初めてのことだった。何を言えばいいのか、どう思えばいいのか、あんずにはわからなかった。

「だから、この間は、ごめんなさいね」

おばあさんの口元にはいつも通りのほほえみが浮かんでいたが、それでも、この間のこわい顔を思い出してあんずは落ち着かない気持ちになった。

「……でも、こないだ私がつれてきた人は『あぶなくない方』だよ」

「そうね」

「それに、今はゾンビの人とも仲良くしなきゃいけないって、学校で習ったよ」

「そうね。あなたの言う通りだわ」

あんずはその言葉に少しだけ安心したが、でもね、とおばあさんはさらに続けた。

「憎いの」

短いけれど、ずしりと重いその言葉に、あんずはお腹のうらのあたりがぎゅっとしめつけられるような感覚がした。窓の外から聞こえてくる雨音がにわかに強くなる。

「どうしても、許せないのよ」

おばあさんのくちびるが少しふるえていることにあんずは気づいた。こわい、と思った。おばあさんがこわいというのでも、起こったできごとをおそろしく思うというのでもなかった。何か、もっと大きなものに対する、正体のよくわからないこわさだった。

『人間と、人間以外、の、者は、わかり、あえない』

とぎれとぎれの言葉が耳の奥で再生される。それは、この間よりもいっそう悲しいリズムで響いた。

「ごめんなさい、こんなこと、あなたにしゃべるべきじゃないわね。もう、お腹はいっぱい？　育ちざかりだからまだ食べられるわよね？　実は、おいしいクッキーがあるのよ。もう一度、お紅茶をいれるわね」

おばあさんは少しあわてた様子で席を立つと、そそくさとキッチンの方へ行ってしまった。

あんずはすがるようにおじいさんの方を見た。話の内容がわかっているのか、いないのか、おじいさんはやっぱりさっきまでと変わらず、あんずの方を見ながらただにこにこと笑っているだけだった。

大勢のゾンビが群がって、ママの体にかぶりついている。

服はびりびりにやぶれ、丸見えになった白い肌があんずの目の前でみるみる食いちぎられていく。赤い肉がべろんとたれ下がり、あちこちから血がどくどくあふれ出した。やがて、全部の肉を食べつくされて、ママの体はサバンナに横たわる野生動物の死がいのようになった。悲しくて、つらくて、あんずは泣き叫んだ。それでも、まだ骨のまわりに残っている肉にしゃぶりつくゾンビのことを、あんずは許せないと思った。ふと見ると、手にはいつも使っている包丁があった。ばらばらに切り刻んでやりたい——。心の底からそう思い、あんずは叫び声を上げながらゾンビの群れに飛びかかっていった。ところが、近づいてみると、ゾンビだと思ったものはどれも学校のクラスメイトだった。かまわず、手にした包丁で切りかかる。彼らは物みたいにバタバタとその場に倒れた。あんずはさらに、自分をからかった男子のお腹に、自分を無視した女子の胸に、次々と包丁を突き立てていった。最後に残ったのはきららちゃんだった。命ごいをするきららちゃんの首を、あんずはすっと静かに切りさいた。血が噴水のように勢いよく吹き出して、あたり一面に雨のように降り注いだ。服も肌も、空も地面も、すべてが真っ赤にそまった。

はっと目を覚ますと、そこは居間のテーブルだった。宿題をしている途中で眠気におそわれ、つかの間眠ってしまったようだった。窓の外では変わらず雨が降っている。雨にも、服にも、赤い色はついていない。ほっと胸をなでおろすが、頭の中は混乱していた。心臓がドクドク音を立て、息もすっかり上がっている。夢とはいえ、自分の中にわきおこったおさえきれない何かに、あんずは心底とまどった。それは夢から覚めた自分の中にも変わらずひそんでいるような気がした。何でもいいから、おじさんの部屋にある本を読みたいと思った。シュレディンガーの体にふれさせて欲しかった。気がつくともうあんずは部屋を飛び出していた。

おじさんの部屋のドアをノックしようとして、あんずは傘を持ってきてしまったことに初めて気づいた。アパートの中を移動するだけなのに、と寝ぼけていた自分にあきれる。ドアのわきにそっと立てかけ、改めてノックしようとしたところ、中から話し声が聞こえてきた。誰か、人が来ている——。そんなことはこれまでで初めてだった。あんずはドアに耳をくっつけ、中の様子をこっそりうかがった。声からすると相手は男の人のようだったが、話している内容まではわからなかった。おじさんにも、友だちがいたのだろうか？

そう思うと、なぜだか少し裏切られたような心持ちがした。

あんずは傘をつかんで外に出、おじさんの部屋の前にある木のかげに身をひそめた。窓は雨の日でもやっぱり少しだけ開いていて、そこだと中の話し声がよく聞こえた。来ている男の人は、カクリ施設にいたころがなつかしい、としみじみ言った。「あぶなくない方」の人たちが昔住んでいた場所のことだ。どうやら二人は古くからの知り合いであるようだった。

「お前は、警備員、の、仕事に、つけて、運が、いい」

客の男の人も、おじさんと同じようにゆっくりと、とぎれとぎれにしゃべった。

「だが、もらえる、金は、お前も、すずめの、涙、だろう」

彼はそれから、仕事についての不満を長々と語った。ごくわずかなお金しかもらえないのに、長時間働かされる。その上、仕事場では毎日のように怒鳴られたり、なぐられたりしている。けれど、やめてしまうと次の仕事が見つからないから、結局やめられない。仲間の中にはたえきれずに身をくらませた者も、自ら死を選んでしまった者もいる――。

「俺たちは、足元を、見られて、都合、よく、こき使われ、て、いる。ホジョ金、目当てで、形だけ、やとって、ぼろぞうきんの、ように、使い捨て、られる」

男の人の話を聞きながら、あんずは森田先生の言葉を思い出していた。世の中には働いてお金をたくさんもらえる人と、少ししかもらえない人がいて、その差がどんどん大きくなっている。確か、先生はそんな風に言ったのだった。ママと自分は「少ししかもらえない方」になってしまったのだとあんずはその時初めて気づいた。けれど、おじさんたちはもっと苦しい思いをしているみたいだった。

こんなことになるなら、あのままカクリ施設に閉じこめられていた方がよっぽどよかった。そうこぼす男の人の声は、悲しそうにも、くやしそうにも聞こえた。

「俺たち、は、装置、として、利用されて、いる。貧しい、人々に、下には、下がいる、と、思わせ、暴動を、起こさせない、ようにする、ていのいい、装置だ。やつらが、俺たちを、解放、したのは、そのために、過ぎない。施設から、ほっぽり出して、あとは、自己責任。そうすれば、金も、浮いて、やつらに、とっては、いいことずくめ、だ。だが、そうは、問屋が、おろさない」

「何が、言いたい」おじさんがそこでやっと声を出した。

「決起、しようと、考えて、いる」

「ケッキ」とは何だろうとあんずは思った。

「俺たちに、足りない、のは、横の、つながり、だ。集団、として、まとまれば、きっと、大きな、事を、なせる」

「……大きな、事、とは、何だ」

「もちろん、革命、だ」

ここだけの話だが――。男の人が急に声をひそめる。あんずは雨音をより分けて耳をそばだてた。

「近々、大規模、な、テロを、起こす」

突然飛び出したおそろしい言葉に息をのんだ瞬間、空がぴかっと光って、大きな雷がとどろいた。思わず声を上げそうになるが、口元を押さえてどうにかこらえる。絶対に、聞いていると知られてはならない。それだけはあんずにもわかった。

「くさった、世の中、を、俺たちが、正す」

雨が急にはげしくなり、傘の表面を怒ったようにたたき始めた。ななめに差しこんでくる雨つぶがあんずの腕やひざをあっという間にぬらした。

「今、仲間、を、集めて、いる」

客の男は一呼吸置いてから、お前も加わらないか、とおじさんを誘った。

おじさんはすぐにはこたえなかった。待っている間、あんずの胸は大きな音を立て続けた。雨音を追いぬいて、二人の耳に届いてしまうのではないかと思うほどだった。

「俺は、いい」

長い沈黙の後、おじさんは静かにそうこたえた。

「……なぜだ。お前は、このままで、いいのか。今聞いた、限りじゃ、お前だって、生きている、のか、死んでいる、のか、わからない、ような、毎日じゃ、ないか。それで、むなしく、ならないのか。お前は、現状を、変えよう、とは、思わない、のか」

「もう、いいんだ」おじさんはつかれきったような声を出した。

「声を上げ、なければ、行動を、起こさ、なければ、俺たちは、社会に、見捨てられ、た、まま、なんだぞ」

「だから、と、いって、お前が、やろうと、している、こと、は……」

「生ぬるい、やり方、では、何も、変わらない！」

男はおじさんの言葉をさえぎって怒鳴った。つかの間、二人の間に沈黙が流れる。

「……とにかく、俺は、いい。もう、何も、したく、ないし、何も、欲しく、ない。どこにも、行きたく、ないし、誰にも、会いたく、ない。ただ、静かに、過ごせれ、ば、それで、いい。どうか、ほうって、おいて、くれ」

「それこそ、やつらの、思い通りだと、なぜ、わからない！」

「何を、しても、失ったもの、は、もう、戻ら、ない。俺たち、は、運が、悪かった。それだけ、だ」

今日の話は、聞かなかったことにしておく。おじさんのその言葉で、二人の会話は終わりになった。

その後、アパートから出てきた男は、やせていて、ひょろりと背が高かった。けれど、おじさんと同じように猫背で、歩みはおそく、肌は血の気のないうすむらさき色をしていた。

やっぱり、男もゾンビなのだった。見つからないよう傘をすぼめてこっそりのぞいていたら、突然ぎょろっとした目がこちらを向いた。とっさに身をかくすが、ゾンビの男はしばらくその場から動かなかった。あんずは息を殺し、彼がいなくなるのをじっと待った。やがて、また足音が鳴り始め、それはすぐに雨音にまぎれていった。

ゾンビの男が帰っても、あんずはおじさんの部屋を訪ねる気になれなかった。階段をかけ上がって誰もいない屋上へ出ると、ぬれた柵によりかかり、雨が街の上にはげしく降り注ぐ様子をながめた。あんずの頭の中はますます混乱していた。心が、何だか自分のものではなくなってしまったような気がした。

ふとうつむいた時、あんずは傘の持ち手の上の方に、それまで気がつかなかった赤いしるしを見つけた。他の傘と区別するためのものだろう、ハートをかたどった小さなシールがそこには貼られていた。よく見ると、骨の形も、布の質感も、あんずの傘とはまったく違っていた。そっくりの傘を選んだつもりだったが、それはどこからどう見ても他人の傘だった。持ち主は今どうしているだろうか？　もしかすると、街のどこかでずぶぬれになっているかもしれない。きっと、ひどく困っていることだろう。そう思うと、今ごろになって心が痛み始めた。またばちが当たる、とあんずは思った。今まで必死にがんばって積み重ねてきたことが、すべて台無しになってしまったような気がした。つめを立てて赤いシールを必死にはがすと、あんずは地面に向かって思い切り投げ捨てた。小さなハートは雨つぶにまぎれてあっという間に見えなくなった。けれど、シールをはがしたところで、それが他人の傘であることには少しも変わりがなかった。

顔を上げると、アパートからまっすぐにのびる道の上に赤い傘が見えた。久しぶりに屋上から見るママの姿だった。ママに向かって手をふるが、傘で視界がさえぎられているからか、一向に気づいてくれない。ついには傘をほうり出し、あんずは両手を大きくふった。全身びしょぬれになりながら、ママ、と大きな声で叫んだ。どうしても、ママに気づいて欲しかった。気づいて、手をふり返して欲しかった。そうすれば、ちぐはぐになってしまった何かが元に戻るような気がした。ところが、どれだけ手をふっても、どれだけ叫んでも、ママはあんずに気づいてくれなかった。赤い傘は、あんずのことを無視し続けたまま、くらげみたいに音もなく雨の中を泳ぐばかりだった。

*

あんずはそれから毎日テレビのニュース番組をチェックした。チャンネルを合わせるたびに胸がどきどきしたが、テロはまだ起こっていないようだった。それでも、様々な事件が毎日いろんな場所で起こっていて、誰かが命を落としたり、奪われたり、悲しみのどん底に突き落とされたりしていた。そうしたニュースを目にするたび、これも天罰なのだろうか、とあんずは思った。けれど、全員がそんな目にあわされるほど悪いことをしたようには思えなかった。下の階のおばあさんだって、そんな風にはとても思えない。それなのに、息子さんを殺されてしまった。どうしてそんなひどいことをするのだろう？　神様は一体何を考えているのだろうか？　考えれば考えるほどに、あんずはおそろしくなった。あると思っていた地面が突然なくなって、今にも体がまっさかさまに落ちていってしまうような、そんな心もとない思いがした。ひどい目にあった人たちが本当は何かものすごく悪いことをしていたのだという情報を聞き逃さないよう、あんずは食い入るようにテレビ画面を見つめた。そんなあんずの姿を見て、何も知らないママは「あんたもいつの間にか大人になったんだねえ」とスマホ片手にしみじみ言うのだった。

あんずはあれからもママのスマホを時々のぞいていた。ママが部屋に忘れて仕事に出てしまった時、居間のテーブルに置きっぱなしでビールを買いに出かけた時、「アムロちゃん」の歌を口ずさみながらお風呂に入っている時。「トモヤ」からのメッセージが届いているのは時々だったが、パパの顔はいつも必ず、ずらりと並ぶ使用中アプリの手札の中にあった。ママはいつも、パパのことを見ていた。

パパはあの知らない子供といろんなところに出かけていた。時々、もう一人、知らない若い女の人と三人で写っていることもあった。海や動物園、ピクニックにバーベキュー、水族館、河原、スイーツ店、見晴らしのいいどこかの展望デッキ。様々な場所で仲良さそうに並んで写っている三人は、まるで家族みたいだった。

そうした写真を見ているうちに、あんずは何だかパパまでが知らない人のように思えてきた。実際、写真のパパは、いっしょに住んでいたころには一度も見たことがないような明るい色の服をいつも着ていたし、伸びた髪の毛は若い人のようにくしゅくしゅとうねっていて、見た目もすっかり別人のようになっていた。

「もう、私のことなんか忘れちゃったかなあ。どう思う？」

あんずはパパのことを初めてゾンビのおじさんに話した。窓の外にいるおじさんはそれについて特に何もこたえなかった。いつもと変わらない、無口で不愛想なおじさんだった。あんずはそのことにどこか安心した。

「おじさんはさあ、ゾンビになっちゃう前のことって、覚えてる？」

ふと思いついてたずねると、おじさんは白い煙をママのスチーム美顔器みたいに大きく吐き出した。何かこたえてくれるのだろうとしばらく待ったが、その後もしゃべり出す気配はなかった。

「ねえ、聞いてる？　ゾンビになる前のことって、記憶にある？」

少し間があってから、おじさんはぼそっと「忘れた」と言った。

「本当に？　一つも覚えてないの？　何一つ？」

適当にごまかされているような気がして、そのことが何だかくやしくて、あんずは食い下がった。けれど、おじさんはもう一度「忘れた」とくり返すだけだった。

「うそだ、めんどくさいから、そう言ってるだけなんでしょ？　ほんとは忘れてなんかないんでしょ？　ちゃんと、覚えてるんでしょ？」

あんずは意地になっていた。なぜそうなっているのか、自分でもよくわからなかった。またたまりこくってしまったおじさんにいら立ったあんずは、立ち上がって本棚のところへ行き、一冊の本を手に取った。

「じゃあこの人のことも覚えてないの？　『吉本もなみ』さんのことも？」

中から取り出したポストカードを窓の外に向かってまっすぐ突き出すと、おじさんはふり返ってあんずの方を見た。いつもより素早い反応に、勝った、とあんずは思った。

「覚えて、いない」

ところが、おじさんはそう言ってすぐに前へ向き直ってしまった。うそだ、と言い返したかったが、これ以上言うとさすがに怒り出すような気がしたので、あんずはしぶしぶ言葉を飲みこんだ。ポストカードを元通りにしまいながら、おじさんはこれに返事を書いたのだろうかと気になった。何となく書いていないような気がした。もし書いていないのなら、この女の人がかわいそうだとあんずは思った。

『無事でいますか。もし無事なら、返事をください』

無事かどうかをたずねているということは、もしかするとパンデミックのすぐ後に書かれたものなのかもしれない。恋人なのか、友だちなのか、短い文面からはおじさんとの関係がわからないが、「吉本もなみ」は自分がこれまで生きてきたよりも長い間、ずっと、返事がないせいで悲しい思いをし続けているのではないか。おじさんが死んでしまったのだと思いこんで、今もつらい思いを胸にかかえたまま暮らしているのではないか。想像するとあんずの胸は痛んだ。

「……今日はもう、帰るね」

そう言っても、おじさんは何もこたえなかった。怒ったのかと少し気になったが、不愛想なのはいつものことだと思い直す。

「吉本もなみ」は、おじさんが死んでいなかったと知ったら、ゾンビになって生きていると知ったら、どう思うだろう？　それでも会いたいと思うだろうか。彼女の悲しみは、さびしさは、胸の苦しみは、きれいさっぱり消え去るだろうか？

「ねえ、もし、もしもだよ。息子さんがゾンビになって生きてたら、おばあさんは会いたいと思う？」

ある時、あんずはおばあさんにそうたずねた。気を悪くさせてしまったら、その時にはきちんとあやまろうと思いながら。

「会いたいわ」

おばあさんは迷うことなくそうこたえた。

「ゾンビでも何でもいいから、生きていて欲しかった」

「本当に？　ゾンビでも？」

「ええ、ゾンビでも」

もし息子さんが本当にゾンビになって生きていたら、おばあさんの悲しみも、苦しみも、それから、おばあさんにあれほどこわい顔をさせてしまう憎しみも、ぶあつい雪がとけるようにすべて消えてなくなるだろう。本当にそうであったならどれだけよかっただろうとあんずは心から思った。

「変なこときいてごめんね」

「ううん、いいのよ」

おばあさんは、座ったまま眠っているおじいさんのひざにそっとブランケットをかけた。

「これ、おいしいね！　もう一個もらってもいい？」あんずはブッセの最後の一口を飲み下すと、わざと元気な声で言った。

「もちろん。好きなだけお食べなさい」

そうだ。会いたいに決まっている。うれしいに決まっている。忘れてなんか、いるはずがない。次の日、あんずはおじさんの部屋を訪ねるなりさっそく切り出した。

「ねえ、『吉本もなみ』さんに、会いに行こうよ」

ふり返ったおじさんの目が、心なしか、いつもより大きく見開かれているように見えた。

「いきなり、何を、言い出す」

「『吉本もなみ』さんって、おじさんの恋人？」

「お前、には、関係、ない」そう言うと、おじさんはあんずに背を向けた。

「おじさん、この人にちゃんと返事したの？」

答えは返ってこない。やっぱり、返事は書いていないようだ。

「この人、おじさんが死んじゃったんだと思って、ずっと悲しい思いでいるかもしれないんだよ。そんなの、かわいそうじゃん。本当は、ちゃんと生きてるのに」

「いまさら、知らせる、必要、は、ない」

「でも、本当は悲しまなくていいのに悲しませちゃってるんだよ。そんなのひどいよ。かわいそうだよ」

「俺は、ゾンビだ」おじさんがめずらしく怒ったような声を出した。そのことにあんずは少しひるんだ。

「死んで、いた、方、が、まだ、ましだ」とぎれとぎれに放たれる言葉は、どれも先の方がするどくとがっていて、かたい地面に一つずつ突き刺さっていくようだった。

「それに、もう、とっくに、忘れて、いる」

「そんなことない！」
　思った以上に大きな声が出たことに、あんずは自分でも驚いた。窓ぎわに寝そべってい
たシュレディンガーがびっくりしたように頭をもたげる。
「……だって、下の階のおばあさんが言ってたもん。おばあさん、昔、息子さんがゾンビ
に食べられて死んじゃったけど、もし息子さんがゾンビになって生きてたら、それでも会
いたいって、言ってたもん。ゾンビになってても、生きててくれる方がずっといいって。
だから、この人もきっとおじさんに会いたいって思ってると思う。絶対、忘れてなんかな
い。おじさんが生きてるって知ったら、うれしいに決まってる。絶対、そうに決まってる。
そしたら、この人はもう悲しい思いも、さびしい思いも、しなくてよくなるんだよ」
　なぜだか胸の奥から熱いものがこみあげてきて、あんずは途中から声をつまらせた。そ
れに反応したのか、おじさんが再びあんずの方をふり返った。今にもこぼれそうになる涙
を必死にこらえながら、あんずはほとんどにらみつけるようにしておじさんを見つめた。
おじさんのそばに立っている木が、風を受けてざわざわと鳴いた。

＊

家やビルや木々や車が、全部右側へ過ぎ去っていく。手前のものはびゅんびゅんと、遠

くのものはゆったりと。一番奥にある山と雲はほとんど動かない。あんずは小さい子供のように横長のシートにひざ立ちをして、窓に映る景色をながめた。ママがいたら「はしたない」と言って足をぴしゃりとたたかれるところだが、おじさんは何も言わない。

電車に乗って遠くに出かけるのは久しぶりだった。まだパパといっしょに暮らしていたころに家族三人で旅行して以来だった。その時のことを思い出そうとして、記憶がおぼろげになりつつあることにかえって気がついてしまう。

窓の外はもうあんずの知らない街だった。今住んでいる街や、昔住んでいた街のさらに外側に、知らない街がどこまでも果てしなく広がっているというのは、あんずにはどうにも不思議に思えた。本当は、今こうして見ているから目の前にあるだけで、たとえば自分が家にいる時には丸ごとすっぽり何にもないのではないか。目の前に広がる景色を見ながら、あんずはそんなことをつらつらと考えた。次の駅で急に降り、違う電車にさっと飛び乗ったなら、神様はあんずの行く先に急いで街をつくり出すのかもしれない。あわてふためく神様を想像したら何だかおかしくなった。

元通りに座り直し、今度はリュックからポストカードを取り出してながめる。おじさんはかばんを持たないので、旅の間はあんずがあずかることにした。「吉本もなみ」の住所までは、電車で一時間弱、ママが帰ってくるまでに十分行って帰ってこられる距離だった。

「ねえ、これなんて読むの」あんずはあて名を見ながらおじさんにたずねた。

「カブラ、ギ、コウキ」

「カブラギ？　変わった名字だね」

「よく、言われ、た」

「でも、おじさんはやっぱり『おじさん』だな」

「好きに、呼べば、いい」

ポストカードを裏返す。何度見てもうそみたいな、色とりどりの街並み。ここはどこかとたずねると、メキシコにある街なのだと教えてくれた。国の名前は知っているが、一体世界地図のどのへんにあるのか、あんずには見当がつかなかった。

「アメリカより遠い？」

「アメリカ、の、下。日本の、裏側」

「うらがわ、って、ちょうど反対側ってこと？　じゃあ、世界で一番遠い場所じゃん！」

遠い地球の裏側に、こんなおもちゃみたいな街が本当に存在するなんて、すぐには信じられなかった。それこそ、神様のつくりもののように思えた。あんずがメキシコまで行って初めて、神様はあわてておもちゃを並べ出すのだ。

「でも、そんなに遠くじゃ、一生見ることなさそう」苦笑いでつぶやくと、そんなことはない、とおじさんが言った。

「お前、は、これから、先、どこへ、でも、行ける」

「えー、そうかな」あんずにはとてもそんな風に思えなかった。目と鼻の先にある川向こうの街に戻ることさえ、できないでいるのに——。

「おじさんは行ったことあるの、ここ」

そうきくと、行く予定だったが行けなかったのだとおじさんはこたえた。

「今でも行ってみたい？」

「もう、無理、だ」

「どうして？」

おじさんは静かに目をつむった。しばらく待ったが、答えは返ってこない。

「……私がどこでも行けるんだったらさ、おじさんだってヨユーでしょ。だって、大人だし。そりゃあ、ちょっと、他の人より時間はかかるかもだけど。でもほら、こうやって電車とか飛行機乗ったら別に変わんないじゃん」

「猫、が、いる」おじさんは目をつむったままぼそっと言った。

「シュレディンガーも、いっしょに連れてったらいいじゃん。今はペットと泊まれるホテルだっていっぱいあるし、ペット用の、窓のついたリュックとかもあるんだよ。見たことない？　まるで宇宙船みたいなやつ。猫が丸い窓に顔を出してさ、すっごく可愛いの」

おじさんはついにうんともすんとも言わなくなった。眠ったわけでもなさそうだったし、またしゃべるのがめんどうになったのだろうとあんずは思った。しかたがないので今度は向かい側の景色をながめたが、そのうちにうつらうつらとしてきて、結局あんずの方が眠ってしまった。遠出が楽しみで興奮してしまい、前の晩によく眠れていなかったのだ。起こされて目を覚ました時にはもう駅に着いていた。

改札を抜けると、だだっ広い通路をたくさんの人が行き交っていた。駅と一続きになった大きな建物の中には、デパートやコーヒーショップ、ドラッグストアや100円ショップなどがところせましと並んでいる。休日なのに誰もが急いでいるような早足で、あんずとおじさんはうしろから来た人たちに次々抜かされていった。中にはじゃまだと舌打ちで伝えてくる人もいた。

おじさんといっしょに歩いていると、世の中がいつもと違って見える。旅の始まりからうすうす気づいていたことを、あんずは人ごみの中で改めて思った。この世の中は、あまりにもめまぐるしい。何もかもが速すぎるし、どこもかしこもごちゃごちゃしすぎている。それに、何だか冷たい。人々は常にいらいらしていて、人に対してあんまり優しくない。ゾンビに対してはなおさらだった。彼らはおじさんを見るときまってぎょっとし、顔をしかめてあからさまに気味悪がっては、よけたり、その場から立ち去ったりした。さっきの電車でも、気がつくと自分たちの乗っている車両だけががらがらになっていた。誰もが、それぞれのやり方で「俺たちの世界から出て行け」とおじさんに伝えていた。今も、少なくない数の人が冷ややかな視線を送っている。いや、かさぶただらけの顔でいっしょに歩いているあんずにも、それは同じように注がれているのだった。教室の中で向けられるよりはるかに大きく、そして、つかみどころのない「お前がきらいだ」というメッセージに、あんずは胸の奥がしめつけられる思いがした。おじさんは、こんな世界の中をずっと一人で生きてきたのだ。何だか気分が悪くなり、あんずは端の方に寄って立ち止まった。

「大丈夫、か」

「うん……大丈夫」

人ごみに背を向けると、ちょうどデパートのショーウィンドウをのぞきこむ形になった。首のないマネキンが、紺色のスーツを着てかっこつけたようなポーズで立っている。服の背中側を見せるためか、突き当たりは一面鏡になっていて、あんずとおじさんの姿が映りこんでいた。

「ねえ、おじさん」

「なん、だ」

「いまさらだけど、そのかっこうで吉本もなみに会うの？」

おじさんはいつもと変わらない黒ジャージ姿だった。

「服、など、どうでも、いい」

「だめだよ。こういう時はこれくらいびしっとしなきゃ」あんずはマネキンを指さして言った。

「そんな、金は、ない」

「いや、やっぱだめだって。よし、今から買いに行こう！」

「だから、金、が……」

「大丈夫だって！　私すっごく安く買えるとこ知ってるから！」

　あんずはおじさんの腕を引っぱってまた人ごみの中を歩き出した。ゾンビの手を引く少女に道行く人が目をみはり、中には面白がってスマホを向ける人もいたが、あんずはもう気にしなかった。ずんずん、ずかずか、わざと大またで歩いた。吉本もなみにおじさんを会わせる、ただその一点だけに集中することにしたのだ。それ以外のことは、もう何も考えない。


　二人を乗せたバスは住宅街へと向かうゆるやかな坂道を上っていた。まだ真新しいふかふかの席で、あんずはさっき撮ったプリクラを見ながらくっくと笑った。おじさんの目がマンガみたいに大きくなっているのが何度見てもおかしい。

「酔う、ぞ」

「平気だよ」

　スーツを買いに入ったファスト・ファッション店のとなりにプリクラ機が置かれていた。

せっかくびしっと決めてるんだから、とあんずが強引にブースへ連れこんだのだ。操作画面に映った姿を見ながら「まごにも衣装だね」と言うと、おじさんは「意味、わかって、言ってる、のか」ときまりの悪そうな顔をした。

これで、心置きなく吉本もなみにおじさんを会わせてあげられる。ネクタイの色だってばっちりだ。いつもパパのネクタイを選んであげていたから、こういうのはお手のものである。あんずは満足した。

「これ、は、何だ」

「タピオカだよ、タピオカ。知らないの？」

「カエル、の、卵、みたい、だ」

「やだ、そんな風に言わないでよ。まずくなるじゃん！」

バスを降りた二人は、停留所のそばにあったコンビニで買ったタピオカミルクティーを昼ごはんがわりに飲みながら吉本もなみの家を目指して歩いた。

「ねえねえ、緊張する？　それとも、うれしい？」あんずはにやにやしながらきいた。

「別、に」

「どんな顔するかなあ、吉本もなみ」

「どうでも、いい、が、なぜ、ずっと、呼び捨て、なんだ」

「吉本もなみ、感動して泣いちゃうかなあ。おじさん、ちゃんとハンカチ持ってる？

さっと、さりげなーく吉本もなみに差し出すんだよ」

目的の住所にはあっという間に着いた。何でもないごく普通の住宅街だった。

けれど、あろうことか、そこには家がなかった。

住宅のぎっしり立ち並ぶ景色の中で、そこだけ歯が抜けたみたいにぽっかり空いていた。むき出しになった四角い地面の真ん中には、「売土地」と大きく書かれた看板が立てられている。

「本当にここ？　あ、となりがそうなんじゃない？」

「いや、ここ、だ」

「そんなはずないよ、私ちょっと見てくる！」

あんずは周囲の家をくまなく見てまわった。

藤木、小森、畑中、井田。

菊池、松山、ジョンソン、佐古田。

「吉本」の表札はどこにも見当たらなかった。

「あの、すみません、このあたりに吉本さんの家ってありませんか？」

あんずは通りかかったおばさんに飛びつくようにしてたずねた。

「吉本さんは……あそこだったけど、ずいぶん前に引っ越されたわよ」

彼女が指さしたのは、やっぱり何も建っていないさっきの空き地だった。

「……どこに引っ越したか、知りませんか?」

「さあ、知らないわ。この辺の人は、誰も知らないんじゃないかしらね。昔と違って、今はほら、あれだしね。ごめんね、お嬢ちゃん」

おばさんはそう言うと、けげんそうにおじさんの方をちらっと見てから、早足になって行ってしまった。あんずはとぼとぼとおじさんのもとへ戻った。

「これが、現実、だ」おじさんは静かに言った。

「時間は、戻せ、ない。変わって、しまった、ものも、戻ら、ない」

だからといって、悪いことばかりではない。おじさんはそう言葉を続けた。時間が経つことで、変わってしまったものを受け入れられるようになることも、ある。

あんずはうつむいたまま、自分の足先をじっと見つめていた。真っ白だったスニーカーには、先の方に黒いよごれがこびりついていた。パパに買ってもらった、お気に入りのスニーカーだった。はき始めたころは少し大きかったのに、今ではもうすっかりきゅうくつになっている。

「お前、も、いつか、受け入れ、られる、ように、なる」

おじさんはゆっくり体の向きを変えると、たどたどしい足どりで来た道を戻り始めた。顔を上げ、目の前にあるからっぽの空間をもう一度ながめる。元あった家を知らないのに、吉本もなみに会ったこともないのに、消えてしまったそれらを思い浮かべて悲しくなった。

「帰る、ぞ」

あんずは振り切るように小走りでおじさんの後を追った。

コンビニのイートインスペースに座り、買ったばかりのソフトクリームにかぶりつく。あんずはぺろぺろなめる派ではなく、がぶっとかぶりつく派である。ママはそんなあんずの食べ方を見るたび、あの人といっしょね、と言ってあきれた。まったく、どうして変なところばっかり似るのかしら。甘い冷たさに前歯がうずき、いっしょに胸までちくりと痛む。

コーンのふちをかじりながら、ガラス越しにおじさんの様子をうかがう。大通りをはさんだ向こう岸に、他のおじさんたちといっしょに突っ立っている。仕切られたスペースにところせましと集まっている彼らは、とらえられた動物のようにも見えた。けれど、動物みたいに鳴いたり暴れたりはしない。じっとだまりこくったまま、かわりばんこに煙を吐き出すだけである。きっと、前世は全員煙突だろう。

「好きな、もの、買って、食べてろ」

十分ほど前、おじさんは小銭をあんずに手渡すと、そう言い残して横断歩道を渡っていってしまった。喫煙所を見つけて、タバコががまんできなくなったらしい。そんなに吸いたくなるものなのだろうかと不思議に思ったが、ソフトクリームみたいなものかと手元を見ながら勝手に納得する。

喫煙所の中では、おじさんを見てぎょっとする人は一人もいなかった。スーツを着ているからかもしれないし、どの人もひどくぼんやりしているからかもしれない。けれど、彼らにとってはおじさんも「仲間」に見えているのではないかという気があんずにはした。禁煙、禁煙、といろんなところから追い出され、あんなせまいところに集まるしかない人たちの間に仲間意識のようなものが生まれるのは、ごく自然なことのように思えた。

その時、右側から歩いてきたきれいな女の人が、おじさんの群れの中にひょいと入っていったのであんずは驚いた。男子トイレに間違って入ってしまった女の人でも見たような気分だったが、よく考えれば別におかしなことではなかった。女の人だってタバコを吸うのだ。ママも、二人で暮らすようになってから時々吸うようになった。でも、ママがタバコを吸うのをあんずはあまり好きにはなれなかった。タバコがいやというよりも、ママの甘いにおいがタバコのにおいにかき消されてしまうような気がして、そのことがいやだった。それに、窓のそばでタバコを吸うママの横顔は、誰だか知らない人のようで、あんずをいつも不安にさせるのだった。

「はきだめに、鶴」

群れの中にいる女の人を見ながら、覚えたばかりの慣用句をつい思い浮かべてしまう。おじさんたちに失礼かしらとすぐに反省するが、白いシャツワンピースを着た女の人はすらりとしていて、本当に鶴みたいだった。タバコをくわえた鶴は小さなかばんを開けて何か探していたが、やがて、あきらめたように顔を上げると、ちょうど背中合わせに立っていたうちのおじさんに声をかけた。ライターを借りるつもりなのだろうとあんずは思った。

　振り返ったおじさんの顔を見て、鶴はあからさまにぎょっとした。あんまりびっくりしすぎたのか、その場で固まって少しも動かなくなってしまった。ああ、だめだったか。差別のない平和な世界は、つかの間であった。あんずはがっくり肩を落としたが、様子が何だかいつもと違った。なぜか、おじさんまでもが驚いたように固まっているのだ。息をのんで向こう岸の様子をながめていたら、いつの間にかとけ出していたソフトクリームがあんずの親指の上をつつつと流れ出した。あわてて舌ですくい取り、もう一度顔を上げると、ちょうど二人がそろって喫煙所を出るところだった。おじさんが何か伝えたそうにこちらをちらっと見る。あんずはソフトクリームの残りを口に押しこむと、急いで店の外に出た。口いっぱいに広がったソフトクリームに歯がきんきんしみた。

「吉本もなみ」だ――。

　あんずは直感的にそう思った。鶴は、吉本もなみだったのだ！　おじさんの反応からして、そうとしか考えられない。信号が赤だったので、向こうには渡らず平行に進みながら二人を追う。おじさんが何度も心配そうにあんずの方を見るので、ちゃんとついてきているからもう見るな、という意思をこめて、両手で大きな丸を作った。

奇跡だ、とあんずは思った。あんなところで偶然に会うなんて、運命だ。二人は、おじさんと吉本もなみは、やっぱり運命で結ばれているのだ。あんずは胸の高鳴りをおさえられなかった。神様は、いる。やっぱり、いるのだ。

けれど、奇跡の再会を果たした二人に、はしゃいだ様子は少しも見られなかった。たがいに言葉を交わすこともなく、ただゆっくり並んで歩いている。長い間会っていなかったから、きっと何を話せばよいのかわからないのだろう。パパと街なかであんな風に出くわしたなら、自分だってきっとそうなってしまうだろうとあんずは思った。

やがて、二人は駅前に建っている高級ホテルのエントランスに入っていった。ちょうど青になった信号を走って渡り、あんずもおくれて中に入る。広いロビーで二人の姿を一瞬見失うが、エレベーターホールに向かう通路にたどたどしい足取りを見つけ、急いで後を追った。角を曲がると、ちょうどエレベーターが着いたところだった。振り向いたおじさんと目が合ったので、こくりと小さくうなずいてみせる。あんずは他の客にまぎれて、二人よりも先にエレベーターに乗りこんだ。

エレベーターが静かに上がっていく間も、二人は何もしゃべらなかった。一組、二組と乗客が降りていき、ついには三人だけになる。背中の方をちらりと見れば、さっきまで立っていた地面がどんどん遠ざかっている。一体どこまで行くのだろうとあんずが思い始めたころ、軽やかな音色とともにドアが開いた。吉本もなみが先に降り、おじさんがゆっくり後に続く。少し待ってからあんずも降りた。

距離を取りながら二人についていくと、行く先にレストランのようなものが見えてきた。むかえた店員に吉本もなみがひかえめなピースサインをしてみせる。店員は一瞬、おじさんにけげんそうな視線を送ったが、すぐ笑顔になって二人を中へ案内した。早足で入り口へ向かうと、店名の上に「スカイレストラン」とあった。戻ってきた店員はさっきと同じ笑顔をあんずにくれると、何かを探すように周囲を見回した。

「……えっと、お一人ですか？」

どうやら子供一人での入店をあやしまれているようだった。

「はい。お母さんにここで先に待っているよう言われました」

とっさに思いついてそう言うと、店員は安心したような顔になって「こちらへどうぞ」とあんずを中に入れてくれた。ちょっぴり得意になりながら店内を見回したところ、まっすぐ奥の窓際に二人の姿があった。

「あの、入ってすぐ見えるとこがいいのであそこじゃだめですか？」

「え？　ああ、もちろんいいですよ」

あんずは案内された窓際の四人席に、ちょうど二人を視界におさめる形で着席した。ただ、こちらを向いているのは吉本もなみの方なので、あんまりじろじろ見るわけにはいかない。自然をよそおうつもりで窓の外を見やれば、「スカイレストラン」と名乗るだけあって見晴らしがとてもよかった。視線を下ろせばビルも家々も小さく、まるで手のこんだジオラマ模型でも見ているような気になる。タワーマンションに住んでいたころには毎日のように見ていた、あんずにとってはどこかなつかしくもある光景だった。

「ねえ、覚えてる？　二人でゼミの飲み会さぼってここ来たこと」

「ああ」

「あなた、背伸びしてこんなとこ予約しちゃってね」

「うん」

「今ごろみんなどうしてるんだろうね、なんて言って」

「ああ」

「何か二人で悪いことしてるみたいで楽しかったなあ」

「うん」

おじさんは吉本もなみの前でも無口だった。まるでこわれたロボットみたいに「ああ」と「うん」しか言わなかった。何か注文しなければと思い、あんずは店員の置いていったメニューをおもむろに開いた。オレンジジュースでいいやと思ったが、横に書かれた値段を見て飛び上がりそうになる。

「ご注文はお決まりですか」

おじさんたちのテーブルに飲み物を運んだついでに、さっきの店員が注文を取りに来た。

内心どぎまぎしていたが、すました顔で「オレンジジュース一つ」と口にする。店員が去っていくと、あんずはテーブルの上に力なく突っ伏した。

「こっちに来たのは久しぶり？」

「ああ」

「すっかり変わったでしょう」

「うん」

「あのころなんて、ほんとにこのあたりしか遊ぶところなかったもんね」

「ああ」

「それだけの時間が、経ったんだよ」

「うん」

「あのさ」

「うん」

「生きてたんだったらさ、もっと早く知らせてよ」

その言葉に、おじさんはついに「ああ」も「うん」も言えなくなってだまりこんでしまった。

「あ、心配しないで。私はちゃんと幸せだから。夫と、子供二人と、それから猫二匹。絵に描いたような幸せ家族やってる」

彼女の言葉に今度はあんずが固まってしまう。さっきの店員がきびきびした足取りで近づいて来て、あんずのテーブルにオレンジジュースをコトリと置いた。

「上の子なんてもう、出会ったころの私たちの歳だよ。時々、信じられなくなるよ。これって、本当のことなのかなって」

吉本もなみが眉を下げてほほえむ。幸せそうなその表情に、あんずの胸はきゅっと小さくしめつけられた。

「……でも、たくさん人が死んだり、殺されたり、そういう昔のことがだんだん遠い出来事に思えてきて、そっちの方が、本当にあったのかわかんなくなる時もある」

私、ひどいよね。吉本もなみは静かに言った。

「それで、いい」少し間があってから、おじさんはおだやかな声でそうこたえた。

「コウちゃんが死んでなくて、ほんとによかった」

吉本もなみは目を細めて笑った。それは、とても美しい笑顔だった。何だかたまらなくなってしまい、あんずは視線を外に逃がした。

窓の外の世界はしんと静まり返っていた。街並みは日の光を受けてやけにつるりとしていて、パパと住んでいた家の玄関にあった陶器の置き物を思い起こさせた。あれはまだあそこにあるのだろうかとあんずは思ったが、すぐに、もうないような気がした。なぜそんな風に思うのかはよくわからなかった。

オレンジジュースを一口飲んでみると、びっくりするほどすっぱかった。あんずのお小遣いひと月分もするのに、コンビニに売っている安いオレンジジュースの方がよっぽど甘くておいしかった。それでも、残すのはもったいないので、あんずはがまんして飲み続けた。ストローで吸いあげるたび、鼻の奥がつんと痛くなった。

おじさんと吉本もなみはそれからたわいない話をした。家族の話、仕事の話、思い出話に、猫の話。吉本もなみは今、駅の近くにあるマンションに家族で住んでいる。おじさんと吉本もなみは中学で同じクラスになった。最初のうち、吉本もなみはおじさんのことを感じの悪いやつだと思っていた。二人は初めてのデートで『セブン』という映画を見に行って気まずくなった。吉本もなみが飼っている猫の名前は「いわし」と「つくね」。下の子は中学受験をするために最近塾に通い始めた。「ゼミの部屋」はおじさんのせいであれからもずっとお酒の持ちこみが禁止されている。同じゼミの「アオキ君」は会社をやめて農業を始めた。このレストランは昔はタバコが吸えたのに、今では全席禁煙になった。吉本もなみは家族にないしょで、一人で出かけた時に時々タバコを吸う。吉本もなみはこの間初めて息子に「ババア」と言われた。旅行先でレンタカーで動く予定だったのに、おじさんと吉本もなみはそろって家に免許証を忘れてきた。二人で行くはずだった「グアナファアト」にはパンデミックのせいで行けなかった――。

おじさんは変わらず言葉少なだったが、吉本もなみは時々からからと楽しそうに笑った。

「あ、私、そろそろ行かなきゃ」

下の子、むかえに行かなきゃいけなくて。吉本もなみは申し訳なさそうに言った。

「今日は私が払うわ。昔、コウちゃんにおごってもらってばっかだったし」

じゃあ、元気でね。そう言い残すと彼女は足早に去っていってしまった。

あんずは前を向いたままだまりこくった。おじさんの背中に何と話しかければよいかわからなかった。間をもてあまし、しばらく放置していたオレンジジュースをズズと吸い上げる。氷がとけてきているはずなのに、やっぱりものすごくすっぱかった。

「おい」

おじさんに声をかけられ、思わず「はい」と姿勢を正す。

「ここの、オレンジ、ジュース、すっぱ、かった、だろう」

あんずは苦笑いを浮かべ、うん、とこたえた。

「おじさんも昔飲んだの？」

「俺、は、酒が、飲め、ない」

「じゃあおじさんだけオレンジジュース飲んだんだ」

「そう、だ」

「ふふ、子供みたい」あんずは何だかおかしくて笑った。

その時、おじさんのななめ前に白い板のようなものが置いてあるのに気づいた。それ、とあんずが言うと、おじさんもすぐに気づいて手に取った。白いカバーをつけたスマホだった。

「あっ、やばいじゃん」

あんずがそう言うが早いか、おじさんががばっと立ち上がった。明らかにいつもより速く足を動かし、ドタドタ店の出入り口に向かっていく。あんずはあっけにとられて見ていたが、すぐにはっとして席を立った。後を追って店を出ようとすると、店員がぱっと前に立ちふさがった。

「あの、お客様、お支払いを」

あんずはリュックのポケットから千円札を取り出してカウンターに置くと、

「おつりはけっこうです！」と叫んで店員のわきをすりぬけた。

小走りになって通路を行くと、ちょうどおじさんが角を曲がるところだった。全速力で追いかけ、勢いあまって角から飛び出しそうになって、すんでのところでどうにか止まる。

「まに、あった」

エレベーターホールにはまだ吉本もなみがいた。あんずは角の手前にかくれてそっと二人の様子をうかがった。

「うそ、私、忘れてた？」彼女はスマホを受け取ると、気まずそうにエレベーターの方に向き直った。

「変わって、ない、な」

その後は会話が止まり、二人してエレベーターが到着すると光るライトのあたりをじっとながめているだけになった。階数表示がないので、どこまで上ってきているのか少しもわからない。あんずは気まずいような、もどかしいような気持ちになった。

「昔も、なかなか来なかったよね」吉本もなみがやっと口を開いた。ああ、とおじさんが短くこたえる。

「遅い。遅すぎる」吉本もなみは軽くうつむいて言った。

「でも、おかげ、で、まに、あった」

「間に合ってなんかないよ」

吉本もなみが食い気味に返すと、二人の間にまた沈黙が流れた。

「なんで……今なのよ」

どうして、今ごろ現れるのよ——。吉本もなみはうつむいたまま、消え入りそうな声で言った。その時、ポーンと軽やかな音が鳴り、エレベーターのドアが開いた。

「……どうせなら、ずっと現れてくれない方がよかった」

最後にそう言うと、吉本もなみは静かにエレベーターに乗りこんだ。ぶあついドアが閉まる瞬間、あんずは彼女と目が合った。重々しい音とともにエレベーターホールに残されたおじさんは、体をわずかにかたむけたまま、いつまでもじっと動かず立っていた。

「なあ、ゾンビが子供産んだらさ、やっぱりその子供もゾンビなのかな」

「ばか、お前知らねえの。ゾンビは子供作れないんだよ」

「え、マジ？」

「感染の後遺症だってさ。寿命も短くなるんだって。悲惨だよな」

「それどこソースだよ」

「ソースも何も、みんな言ってるぜ」

「じゃあさ、社会がゾンビ守ったところで意味ないじゃん」

「何で」

「だって、子供増えねえじゃん。ますます少子高齢化が進んで日本終了じゃん」

「子供産まなきゃ生きてる意味ねえのかよ、お前ひどいな。人は誰でも存在する意味があるんだよ」

「じゃあゾンビの存在する意味って何だよ」

「安い労働力。決まってるじゃん」

「お前の方がひどいよ」

ななめ前に座っている若者二人組の会話にあんずは耳をふさぎたくなった。

「……おい、あれってゾンビじゃね？」ようやくこちらに気づいたのか、片方が声をひそめて言った。

「うわ、たぶんそうだわ。聞こえたかな」

「やべえよ、殺されんぞ俺ら」

「かまれたら俺らもゾンビになって人生終了じゃん」

「逃げよ逃げよ」そう小声で言い合うと、二人は席を立ってとなりの車両に移っていった。彼らの会話を聞いていたのか、他の乗客も何人か後に続いた。あんずたちのいる車両はまたがらがらになった。

家やビルや木々や車が過ぎ去っていく。手前のものはびゅんびゅんと、遠くのものはゆったりと。ほとんど動いていないように見える一番奥の山だって、やがては視界から消え去っていくだろう。けれど、視界から消え去ったとしても、それはある。あんずがもう目にしていなくても、街は、景色は、そのままそこにあり続けるのだ。世界は、自分の知らないところにも確実に存在している。神様があわててつくったりなんかしていない。さらに言えば、神様なんて――。

「ねえ」あんずはおじさんに呼びかけた。

「ん」背もたれにすっかり体をあずけていたおじさんは、頭だけをわずかに起こした。

「……会わない方が、よかった?」

あんずはおそるおそるきいた。反対行きの列車とすれ違ったのか、ズドンという音とともにかすかな衝撃が背中に伝わる。けたたましい走行音がひととき音色を変え、すぐに元に戻った。

「そんな、ことは、ない」

おじさんはそうこたえると、頭の位置を戻してまた目をつむった。

でも、と言いかけた時、車内アナウンスがあんずの声にかぶさった。それは次の駅名を伝えた後、「この列車は当駅止まりです」と付け加えた。乗り換えの案内を聞きながら、自分は今何を言おうとしたのだろうとあんずは思った。

ホームに降り立つと、心なしか空気が冷たく感じられた。それは季節が移ろいゆくことをいやでもあんずに思わせた。ほとんどからっぽになった電車には、座ったまま眠りこんでいる男の人が一人だけ取り残されている。気になって見ていたら、通りかかった駅員が声をかけて彼を起こした。男の人は寝ぼけたような顔で周囲を見回すと、ようやく状況を理解したのか、あわてて電車を降りた。

それほど広くないホームの上は、今や乗り換えを待つ人でいっぱいだった。みんな、あんずの知らない人たちだった。彼らはそれぞれ別々のどこかからやって来て、たまたま今、こうして同じホームに立っている。そして、また、それぞれ別々のどこかへと散らばっていくのだ。

ここにいる一人一人に、等しく人生がある。そこでは様々なできごとが起こり、泣いたり、笑ったり、喜んだり、悲しんだり、怒ったり、苦しんだり、憎んだり、あるいは特に何も思わなかったりして、彼らはこれまで生きてきたのだろうし、これからもそうして生きていくのだろう。そんな風に、自分の知らないところで数えきれないほどのできごとが常に誰かの身に起こっていて、誰かの感情が世界のそこかしこでたえず生まれ続けていることを、あんずは何だか不思議で、おそろしくて、すごいことだと思った。

もう空には夕焼けの色がうすく差している。人々はホームの上で思い思いのことをしながら、電車の到着を待ちわびている。今こうしている間にも、ここで、あそこで、知らないどこかで、誰かの人生の一瞬一瞬が押し流され、それはもう二度と帰らない。いろんなものが変わってしまい、もう元には戻せなくなる。そう思った瞬間、あんずの体の中を何かが一気にかけのぼり、顔の真ん中がじわりと熱くなった。すっぱいオレンジジュースを飲んだみたいに鼻の奥がつんとして、声にならない声が一つもれた。一つもらすと、それは次から次へと押し寄せた。気づくと、あんずは声を上げて泣いていた。

「なぜ、泣く」

おじさんの言葉に、なぜだかいっそう涙があふれた。それはあんずのほっぺたを伝って流れ落ち、服や床に点々と模様を作った。何が悲しくて泣いているのか、あんずは自分でもよくわからなかった。それでも、一度あふれ出してしまったものを止めることはもうできなかった。

「おい、大丈夫なのか、あれ」

「横のオッサンに何かされたのかな」

「やだ、あの人ゾンビじゃない？」

周囲でそんな声が上がり始めていることなど知るよしもなく、あんずは夕暮れ時のホームで小さな赤ん坊のように泣きじゃくり続けた。かたむいた日差しが看板のわきから差しこんで、まぶたの裏を白くそめた。電車はいつまで経ってもやって来なかった。


帰りの車の中で、ママは一言もしゃべらなかった。この車は一体どうしたのだろう、レンタカーだろうか、とあんずは疑問に思ったが、とてもきけるような雰囲気ではなかった。よく見ると、ルームミラーのところにアメリカンポリスのかっこうをした犬の人形がぶら下がっている。どうやら、誰か知り合いから借りたようだった。

あの後、警察官までやって来て大変なことになった。「あぶない方」じゃないのに、おじさんは人をかまないよう頭に袋までかぶせられた。かけつけたママの証言で容疑はどうにか晴れたが、あんずは結局おじさんに会えないままにこの車に乗せられてしまった。窓の外はもうすっかり夜になっている。

「あんず、ちょっとここに座りなさい」

ママがやっと口をきいたのは、家に帰って、うがいと手洗いをすませてからのことだった。あんずは覚悟して、ママの向かいの席に腰を下ろした。

「一体、どういうこと？」

ついさっきまで冷凍庫に入っていたみたいに冷たい声だった。どうこたえるのが正解なのかわからず、あんずはだまってテーブルの木目を見つめた。

「知らない人についていっちゃだめって、いつもママ言ってるよね？」

「知らない人じゃないもん」あんずはうつむいたまま言い返した。

「家族でも友だちでもない人は知らない人です」

「じゃあ下の階のおばあさんと出かけてもママは怒ったの」

里中さんとあの人は違うでしょ、とママの声がにわかにとがる。

「あの人は男だし、それに……」

「それに、何。ゾンビだから？　それって差別だよ。だって、おじさんは『あぶなくない方』なんだから」

ママの表情が一気にこわばり、目が三角になった。たたかれる、と一瞬身がまえたが、手まではは伸びてこなかった。ママはあんずの目をまっすぐ見すえたまま動かなかった。こらえきれなくなって、あんずの方が先に目をそらしてしまう。

「……友だちだよ、おじさんは。だから、知らない人じゃない」

小声になってそう言うと、ママはテーブルの上に両ひじをついて頭を抱え、息を大きく吐き出した。

「一体……いつからそんなことになってたの」

「……顔にケガした時くらいから。おじさんが、手当てしてくれた」

「まさか、あの人の家に行ったの？」ママははっとしたように顔を上げた。

「うん。それから何回も行ってるよ」

あんずがそうこたえると、ママはテーブルの上にがばっと身を乗り出し、

「何か変なことされなかった？」とあせったようにたずねた。

「変なことって？」目を白黒させながらききかえす。

「さわられたりとか！」

「な、何もされないよ。てか、おじさん私が来るといつも外出てタバコ吸ってたし」

ママは全身の力が抜けたようにどさっとイスに座りこむと、熱をはかるみたいにおでこに手を当て、また一つ息を吐いた。

「……おじさんの部屋には、めずらしい本がたくさんあるんだよ。それ読んだり、時々借りたりしてた」

あんずは正直に言った。シュレディンガーのことは約束を守って言わなかった。

「あんず」

ママは姿勢を正すと、またあんずの目をまっすぐ見つめた。

「ママが怒ってるのはね、あんたが嘘ついてたことに対してだよ」

「嘘なんて何もついてない」

「私のいない間にあの人の家に行ってるなんて一度も言わなかったし、今日だって何も言わずにこっそり出かけてたじゃない。しかも、あんな遠いところまで」

「言わなかったのと、嘘は……」

「一緒です！　危ない目にあったらどうするつもりよ！　知らないままじゃ、あんたが危ない目にあっても助けようがないじゃない！」

ママは早口でまくしたてた。勢いに押され、あんずは何も言い返せなくなった。

「私には、あんただけなんだよ」急にやわらかい声になってママが言う。

「あんたが、一番大事なんだ」

――そんなの嘘だ。あんずはしぼり出すように言った。

「嘘ついてるのは、ママの方じゃん」顔を上げ、ママの目をまっすぐ見つめる。

「ママは今日、どこ行ってたの？」

一瞬、ママがひるんだのがあんずにはわかった。

「……仕事よ。そう言ったでしょう」

「嘘だ。仕事なんて嘘。私、知ってるんだから」

「何よ、変なこと言い出して。もしかしてあんた、遊びに連れてってもらえなかったからすねてるの？」

「トモヤって誰？」

あんずが名前を口にすると、ママは目を丸くして言葉を失った。

「……あんた、人のスマホ勝手に見たの？」

「見えるとこに置いてくママが悪いんじゃん」

「は？　あんた、いい加減に……」

「いっつも仕事だって嘘ついて、ほんとはその人と遊んでたよね。私、ちゃんと知ってるんだから！」

「別にいいじゃない！」ママは突然むきになったように声を荒らげ、テーブルをバンと強くたたいた。

「今は結婚してるわけじゃないんだから！　なんでとがめられなきゃいけないのよ！」

「ほら、やっぱりそうなんじゃん！　なのに私だけ、なんて言って、そんなの大嘘じゃん！」

「嘘じゃない！」

「嘘だ！　それに変だよ！　パパのことまだ好きなのに、別の男の人と遊ぶとか！」

あんずが身を乗り出して叫ぶと、一時停止ボタンをタップしたみたいにママがぴたっと固まった。

「あんず、あんた……」

「だってママ、パパが今どうしてるかいっつもスマホで見てたじゃん！　私、知ってるんだから！」

あんずは肩で息をしながらママの顔を見すえた。やがて、ママはゆっくりため息を一つつくと、静かに口を開いた。

「あんず、ママは、もうパパのこと好きじゃないの。だから別れたんだよ」

ママの口調が冷静になったことにあんずは少しうろたえた。

「嘘だ、じゃあなんでずっとパパのこと気にしてるのよ！　本当は、ママだって戻りたいんでしょ？　仲直りしたいんでしょ？　仲直りして、もう一度、パパと、私と、三人で暮らしたいんだよね？　だったら……」

「違うの」あんずの言葉をさえぎってママが言う。ママは少しためらうようなそぶりを見せると、視線をわきにそらし、「くやしいからよ」と小声でもらした。

「……あの人が幸せでいるのが許せないから、気にくわないから、つい、見ちゃうのよ」

えっ、とつぶやいたきり、あんずは言葉を失った。ママの言ったことの意味がすぐには理解できなかった。目の前で、ママはばつの悪そうな、少しすねたような、それでいてどこか開き直ったような、まるで先生にしかられている最中の男子みたいな顔をしていた。大人のママが、子供みたいに見えた。

ママはせきばらいを一つすると、すぐに大人の顔に戻り、

「その分だと、あんたも見てだいたいわかってるんだろうから、この機会にちゃんと言っておくわね」と今度は先生みたいな口調になって言った。

「パパは、今、別の女の人とお付き合いしているの。とっても若い人。でも、その人、若いけど子供がいてね、その子と三人で暮らしてる。小さい女の子よ。たぶん、近いうちに三人は本当の家族になる」

自分がもらったのと同じ青いカチューシャをしていた小さな女の子の顔が思い出され、ちくりと胸が痛む。

「……『本当の家族』って何？　私たちが本当の家族じゃないの？」

あんずのせいいっぱいの問いかけに、ママはゆっくりと首を横に振った。

「本当の家族だったけど、今はもう違う。パパがあんたの父親で、あんたがパパの娘であることは、もちろんこの先も変わらない。でも、パパと私たちはもう家族じゃない。それは、どうしようもない事実なんだ。それで、パパは今、新しい別の家族を作ろうとしている。ここまではいい？」

目のふちにじわじわと水分がにじんでくる。こぼれないよう必死にせきとめながら、あんずは小さくうなずいた。本当は、何となくわかっていたことだった。

「それから、ママは、もうパパのことを好きじゃない。だから、他の男の人を好きになっ

たりもする。ママが好きになった男の人が、この先、あんずの新しいパパになるかもしれないし、ならないかもしれない。それはわからない」

こらえきれなくなった涙が一つぶ、外におどり出た。それは巨大なすべり台を一気にすべり落ちる子供のように、あんずのほっぺたをすうっと流れていった。

「でも、これだけは言える。私とあんたは今でも本当の家族だ。私には、あんたしかいない。これは嘘じゃない。私たちはこれからも、本当の家族を続けてくんだ。だから、お互いに信じあわなきゃいけない。最近、あんたにさびしい思いをさせてたことは、私が悪い。ごめん。だめなママだった。でも、あんずの方も、これからは私にできるだけ本当のことを話して欲しい。思ったことを、ちゃんと言って欲しい。私はあんたの幸せを一番に思っているし、それは、この先も変わらない。それだけは、信じて欲しい」

あんずは小さくうなずいた。遊んでいいと言われた子供たちのように、涙が次から次へとすべり落ちていく。彼らが行ってしまった分だけ、心の中がすかすかになったような気がした。心もとなくて、さびしかった。

「ママ、ギューして」

たえきれなくなって、あんずはママに向かって両手を広げた。ママはすぐに席を立ってあんずの体を引き寄せた。

強く抱きすくめられながら、あんずはママのにおいをそっとかいだ。もう、以前のような甘いにおいはしなかった。でも、それでいいとあんずは思った。ママも、自分も、これから変わっていくのだ。そして、いつか自分はママからはなれるのだろう。あんずはそう予感した。だから、今だけは、まだ子供でいられる今の間だけは、こうしていたかった。

「大好きだよ、あんず」

ママの声が、あんずの体の中で響いた。

＊

家から持ってきた水色の傘を、学校の傘立てにそっと立てる。ハートマークが見えやすいよう、あんずは持ち手をひねって少しだけ向きを変えた。投げ捨てたシールは結局見つからなかったが、同じものを買ってきて元通りに貼った。別のシールでくっつけた謝罪の手紙には、きちんと自分の名前も書いた。

校舎の中には人気がない。いつもよりずっと早く登校したからだ。誰もいない、やけにひんやりとした廊下を、あんずはおじさんと同じくらいの速さでゆったり歩いた。いつも聞いている騒がしい声や音が、遠い記憶みたいに耳の中で響く。一体、今まで何人の生徒がここで勉強し、遊び、大きくなって去っていっただろう？　この場所を通り過ぎていった、かつて子供だった大勢の人たちのことをあんずは想像した。そして、数年後には自分も後に続くのだ、と思った。

学校でいじめにあっていたことを、あんずはあれからママに話した。ママはすぐに学校へ話をしに行ったが、先生たちは「クラスにいじめは確認できない」の一点張りだった。実際、あんずに対する「いじめ」は目に見えて減ってはいた。無視は変わらず続いていたが、物をかくされたり、小突かれたり、ウィルス呼ばわりをされることはもうほとんどなくなっていた。何をしてもあんずが大して反応しないものだから、きっと面白くなくなったのだろう。先生の態度に怒ったママは「あんな学校もう行かなくていい」と鼻息を荒くしたが、あんずは首をたてには振らなかった。そうしてしまえば何かに負けるような気がしたし、何より、今までがまんしてきたことが無駄になってしまうような気がしていやだった。

あんずが階段を上っていくと、教室の方から物音がした。何か重いものを動かしているような音だ。先生か、あるいは、校務員さんだろう。そう思って角を曲がると、一人の生徒が机を重そうに抱えて廊下に出していた。きららちゃんだった。運んでいるのは、きっとあんずの机だろう。その証拠に、きららちゃんはあんずに気づくと小さく驚き、すぐにばつの悪そうな顔になった。机を置いて教室の中に戻ろうとするので、待って、と呼び止めた。

「どうして、そんなことするの」

きららちゃんは何もこたえなかった。

「私、あなたに何か悪いことした？」

彼女はあんずの方をきっとにらみつけると、くるりと身をひるがえして向こうへ駆けていってしまった。


「いいわ、お母さんには私からうまく言ってあげる。私ね、一回やってみたかったのよ、ハロウィン！」

ハロウィンの日にコスプレをして川向こうに行きたいと言ったら、その日は仕事があって一緒に行ってあげられないから、とママに反対された。川向こうの街では毎年、公園通りで大規模なハロウィンイベントが開催される。おばあさんにそのことを話すと、当日の保護者役をかって出てくれた。それどころか、自分もコスプレをすると言い出したのであんずはびっくりした。

「急いで服を注文しなきゃ。お化粧の道具も必要ね。あんずちゃん、ネットでのお買い物の仕方、教えてくれる？」おばあさんは声をはずませて言った。

レクチャーを終えて里中家を後にすると、あんずはそのまま通路を北の端まで歩いていった。

「おじさん、いますかー」

ドアの前に立って呼びかけたが、返事はない。耳をドアに寄せてみても、中で物音はしていなかった。試しにドアノブをひねってみると、しっかり鍵がかかっている。
あの日以来、いつ訪れてもこんな風に留守なのだった。アパートの前でタバコを吸う姿も見かけなくなり、どこかへ引っ越してしまったのだろうかと心配になったが、あずかったままだった黒いジャージとポストカードを紙袋に入れてドアノブに下げておいたらいつの間にか無くなっていたので、まだ住んではいるようだった。あんなことがあって、会うのがすっかり嫌になってしまったのだろうか。騒ぎになってしまったことに責任を感じているのかもしれない。いずれにしても、あんずはさびしく思った。

おじさんへ
元気にしていますか。ママはもうおこっていないから大丈夫です。ハロウィンの日、川むこうの公園の時計台のところで会いませんか。この日はみんなコスプレしているので、私とおじさんが会ってもこの間みたいなことにはならないと思うからです。夕方五時くらいに待っています。もしいそがしくなかったら来てください。
早坂あんず

「トリック・オア・トリート!」

おばあさんを驚かせようとドアが開くなり叫んだが、目の前に女王様が立っていたので結局あんずの方がびっくりさせられてしまう。スカートが玄関の幅いっぱいに広がっていて、まるでかざり棚に並んでいる外国の人形みたいだった。

「来たわね、いたずらキョンシーちゃん」

「お菓子くれたらいたずらしないよ」

おばあさんは「いたずらしないでえ」とおどけながら、手にした可愛らしいカゴをあんずの方に差し出した。受け取って中をのぞくと、色とりどりのマカロンが山盛りに入っている。さすが女王様、くれるお菓子まで豪華である。部屋の中に入ると、何とおじいさんまでコスプレをしていた。大きなひげを付けているので王様かと思いきや、よく見るとぴちっとした白いタイツをはいている。どうやら王様ではなく、王子様であるようだった。

すごいね、とあんずがはしゃいで言うと、おじいさんはいつものようににっこり笑った。

かざり棚のガラスを鏡にして、自分の顔を確かめる。メイクはママがわざわざ早起きして手伝ってくれた。最初はゾンビにしようと思っていたが、おばあさんが嫌がるかもしれないと思ってキョンシーにした。映った姿を見ながら、それで正解だったと改めて思う。帽子も服も形が面白いし、こっちの方がずっと可愛い。視界がさえぎられないようにお札の位置を調整すると、あんずはほっぺたの上のところをそっと指でさわった。前よりうすくはなったものの、まだ顔に残っているケガのあとが思いがけずコスプレをリアルに見せてくれている。あんずは出来ばえに満足した。

「では、いざ、ハロウィンへ参りましょう！」

うきうきした気持ちで外に出たものの、ハロウィン当日なのにコスプレしている人はどこにも見当たらず、三人は行く道でひたすら浮いた。おばあさんが恥ずかしがるので、

「大丈夫だよ。女王様のかっこう、すごく似合ってるから」とあんずがはげますと、

「あら、これは女王様じゃなくてお姫様よ」と言うのでまた驚いた。

橋を渡って川向こうの街に入ると、世界が一変した。そこには様々なモンスターやキャラクターの姿があった。ヴァンパイア、魔女、エルフ、赤ずきん、修道女、メイド、海賊、ヒーロー、アメリカンポリス、狼男、バニーガール、囚人、ナース、ガイコツ、死神、ジャッコ・ランタン、ゾンビ――。お化けに怪物、アニメや映画のキャラクター、実在するものからしないものまで、今日だけ歩行者天国になった公園通りは様々な種族であふれかえっていた。あんずたち三人は彼らにまじってゆっくり歩き、時々立ち止まってはいろんな種族と一緒に写真を撮った。道の脇ではゾンビとポリスが肩を組み、狼男と赤ずきんが楽しそうにしゃべっている。ここでは姿や性質や立場の違う者同士がいがみ合ったりしていない。世界がずっとこんな風であればいいのに、とあんずは思った。

「ちょっとつかれちゃったから、一休みいたしましょう」

公園に到着するやいなや、お姫様は空いていたそばのベンチにどっかと腰を下ろした。

王子様の車いすをとなりに寄せると、あんずはベンチに残っているわずかなスペースに身を差し入れた。

広い公園の中は、大勢の人でにぎわっていた。イベントやショーがあちこちで催され、道沿いには出店がずらりと並んでいる。おばあさんにスマホを見せてもらうと、約束の時刻までもうすぐだった。手紙に書いた時計台は、出店の向こうにのぞいている中央広場の、ちょうど真ん中あたりにある。「ちょっとお店見てくる」と二人に言い残し、あんずは時計台へと急いだ。

空は早くも藍色にそまりつつあった。時計台を取り囲んでいるカボチャの照明が、始まったばかりの夜にオレンジ色の光をぼんやり放っている。その光に吸い寄せられたようにたくさんのモンスターが集まっていたが、その中におじさんの姿はなかった。

仕事があって来られないのだろうか。でも、おじさんが働くのは真夜中ではなかったか？　やっぱり来るつもりがないのだろうか――。心細くなっていくあんずのとなりでは、死神と魔女とバニーガールの三人組が早くも酒びん片手に騒ぎ始めていた。はしゃぐ声や笑う声が飛び交う中、あんずは一人きりで時計台の前にたたずんだ。

「あんず」

名を呼ぶ声にはっとして振り返ると、黒い羽を生やした小さな悪魔が立っていた。

それは、コスプレをしたきららちゃんだった。

「なんであんたがここにいるのよ」彼女はいまいましげにそう言い、手にした特大サイズのカップから真っ赤な液体をストローで吸った。

「そっちこそ」あんずは目をそらして言い返した。

「私は、西野さんと立川さんと小島さんと、それから野田さんと一緒に来てるんだから。好きなもの買った後、ここで合流することになってるの」

きららちゃんはきいてもいないのに自慢げに言うと、あんたは一人ぼっちのくせによくこんなとこ来れたわね、と最後に嫌みをそえた。

「……別に一人じゃないし。近所の人と一緒だし」

「へえ、そう。で、その人たち待ってるってわけ?」

「一緒に来た人は今ベンチで休んでる。待ってるのは、また別の……近所の人」

「そう。まあ、どうでもいいけど」

それ以上はもう話すこともなく、二人は互いにそっぽを向いてそれぞれの相手を待った。まわりにはどんどん人が増え続け、あまりの騒がしさに鼓膜が時折ビリビリふるえた。時計を見上げると、ここに来てからもう三十分以上経っている。そろそろ帰らないとおばあさんが心配するかもしれない、とあんずは思った。きっと、これ以上待ってもおじさんは来ないだろう。

「野田さんたち、来ないね」

同じように待ちぼうけしているようなので何の気なしに話しかけると、きららちゃんは「うるさい！」と急に声を荒らげた。

その反応で、彼女が野田さんたちに置いていかれたのだとやっと気づく。余計なことを言ってしまったとあんずは申し訳ない気持ちになった。

「……あんた、こないだ、何でこんなことするの、ってきいたよね」

きららちゃんは前を向いたまま話し始めた。学校の廊下でのことだろう。

「ひまだから今こたえてあげる。それは、あんたが川の向こうからきた人間だからよ」

その言葉の意味するところが、あんずにはすぐに理解できなかった。

「どういうこと？」

「あんたは、私たちのことをばかにしてる」

「別に、ばかになんかしてないよ」

「したじゃない。この辺は古い家ばっかりだねって言ったし、私の家に遊びに来た時には、兄弟と一緒の部屋って住みにくくないの、とか、窓から景色見えないね、とか、さんざんばかにしたじゃない」

思った覚えはあるので、言ったのだろうとあんずは思った。そんな風にただ何気なく言っただけのことが、彼女を嫌な気持ちにさせてしまっていたなんて、あんずには思いもよらないことだった。

「確かに言ったかもだけど、私、別にばかにしたつもりじゃ……」

「それから、あんたは私の家で、にものみたいなにおいがする、って言った」

きららちゃんはあんずの顔をにらみつけて言った。

「それは、本当にキッチンで作ってるのかなって思っただけで……」

「豪華なタワーマンションに住んでたあんたには、何もかもが下に見えるんでしょ。だから、あんたの言葉は全部上から目線で、私たちのことをいっつもばかにしてた。自分だって、今は落ちぶれて大して変わんないくせにさ。どうせ、気づいてなかったんでしょう」

「……うん」消え入りそうな声であんずはこたえた。

「そういうとこよ」

あんずはすっかり落ちこんだ。彼女の言う通りかもしれないと思った。確かに、古い、と思った。低い、と思った。汚い、くさい、かっこわるい、ださい、暮らしにくそう、かわいそう。こんな街、と心の中で何度も思った。私は、下に見ていた。心のどこかで、ばかにしていた。彼女たちを、自分より下の人たちだと差別していた。差別は、私の中にも、あった――。

二人の目の前では、酔っぱらった死神が長いカマをぶんぶんふり回しておどけていた。まもなく彼は体のバランスをくずし、地面に激しくしりもちをついた。まわりで笑い声がどっと起こる。ミイラとフランケンシュタインが駆け寄って死神を起こし、肩を貸してそ

ご購入作品名

■この本をどこでお知りになりましたか？

□書店（書店名　　　　　　　　　　　　　　　　　　　　　　　　）

□新聞広告　□ネット広告　□その他（　　　　　　　　　　　　　　）

■年齢　　歳

■性別　　男・女

■ご職業

□学生（大・高・中・小・その他）　□会社員　□公務員

□教員　□会社経営　□自営業　□主婦

□その他（　　　　　　　　　　）

ご意見、ご感想などありましたらぜひお聞かせください。

ご感想を広告等、書籍のPRに使わせていただいてもよろしいですか？

□実名で可　□匿名で可　□不可

一般書共通

ご協力ありがとうございました。

郵便はがき

おそれいりますが
切手を
お貼りください

141-8210

東京都品川区西五反田3−5−8
株式会社ポプラ社
一般書編集部　行

お名前	フリガナ	
ご住所	〒　　-	
E-mail	@	
電話番号		
ご記入日	西暦　　　年　　月　　日	

上記の住所・メールアドレスにポプラ社からの案内の送付は必要ありません。□

※ご記入いただいた個人情報は、刊行物、イベントなどのご案内のほか、お客さまサービスの向上やマーケティングのために個人を特定しない統計情報の形で利用させていただきます。

※ポプラ社の個人情報の取扱いについては、ポプラ社ホームページ（www.poplar.co.jp）内プライバシーポリシーをご確認ください。

のままどこかへ連れていった。

「……私は、それでもがまんしてあんたと仲良くしてた。でも、山本君たちに言われたんだ。どうしてあんな川向こうから来た奴と仲良くするのかって。あんな奴と仲良くするなんて、お前はこの街の裏切り者だって。違うって言ったら、証明してみろって言われた。証明してみせないと、お前の弟たちをいじめるって」

　話すうち、きららちゃんの口調はだんだんひとりごとみたいになっていった。

「あんたに腹が立ってたのは本当だったから、だから、私はちゃんと証明した。裏切り者じゃないって、証明してみせた。そしたら、仲間だって認めてくれた。みんなと前よりも仲良くなれたような気がした。みんなと一緒にあんたを嫌ってると、何か安心したし、うれしかった。なのに、だんだんみんなあきてきたのか、あんたに何にもしなくなって、気づいたら私だけが……」

　きららちゃんはくやしそうにうつむくと、それきり押しだまってしまった。何と声をかければよいかわからず困り果てていたら、騒音の合間に叫び声のようなものが聞こえた気がした。少しおくれて、視線の先で人ごみが不自然に開く。

　空いたスペースの真ん中に、立っている人と倒れている人が一人ずつ見えた。ゾンビと、ナースだった。倒れているナースの制服は血まみれだったが、そういう風にペイントした服なのだろうとあんずは思った。きっと、ショーか何かが始まったのだ。そう思って見ていると、ナースの脇に立っていたゾンビがゆっくりと移動を始めた。ひょろりとした、やけに背の高いゾンビだった。顔には濃いメイクがほどこされていたが、あんずはその姿にどことなく見覚えがあるような気がした。背の高いゾンビは、今度はエルフに近づくと、男子がよく教室でふざけてやるみたいにお腹のあたりをぽんと突いた。すると、エルフが苦しそうにお腹を押さえてよろめき、そのままドサッと地面に倒れこんだ。よく見ると、ゾンビの手にはナイフのようなものが握られていた。皆があっけにとられる中、夜空を切りさくような甲高い悲鳴が一つ上がった。

次の瞬間、人々がいっせいに動き出した。アメリカンポリスが修道女を突き飛ばし、ミイラと魔法使いがぶつかり、転んだバニーガールの上にフランケンシュタインの大きな体が折り重なった。正義のヒーローであるはずのスーパーマンは筋肉のたっぷりついた腕で赤ずきんを押しのけ、倒れてしまった彼女をかえりみることもなかった。狼男とヴァンパイアがその体につまずいて転び、後から来た人も次々転んで将棋倒しが起こった。さっきまで楽しそうに騒いでいた人々の声は、すべて怒号と悲鳴に変わり果てた。背の高いゾンビはその中をゆっくりとさまよい、時々こわれたおもちゃみたいに右手をでたらめに動かした。そのたびに、モンスターが苦しそうにうずくまり、キャラクターがばったり地面に倒れた。目をこらせば、刃先に赤い血がべっとりついている。ショーにしては、何もかもがあまりにリアルだった。

（もしかして、ショージじゃないってこと？）

あんずはようやくにしてそう思ったが、それでもまだ、あの血は最初から刃先にペイントされていたのかもしれないと思う自分もいた。となりでは、「え、何、何」ときららちゃんがうろたえはじめていた。

「あんず、あれってさ、ショーか何かだよね？　ねえ、あんず、聞いてる？」

あんずの体は動かなかった。少しずつ近づいてくる背の高いゾンビを見すえたまま、なぜか今立っている場所から一歩も動けなかった。

「……もしかしてだけど、これって、マジで逃げた方がいいのかな？」

そう言ってきららちゃんが腕にしがみついてきた時、視線のすぐ先で誰かの背中にナイフが突き立てられた。耳元で短い悲鳴が上がり、鼓膜がまたビリビリふるえる。刺されたのは、酔っぱらってカマをふり回していたさっきの死神だった。彼はその場にひざまずいたかと思うと、そのまま力なく地面に突っ伏した。動かなくなった体からナイフを引き抜くと、ゾンビはゆっくり首をひねってあんずたちの方を向いた。

「え、ちょっと待って、うそ、やだ、こっち来ないで！」

気が動転したきららちゃんは手に持っていたカップをゾンビに向かって思い切り投げつけた。それはゾンビの肩のあたりに命中し、残っていた真っ赤な液体が返り血みたいに顔や服に飛び散った。目の中にも入ったのか、ゾンビは顔をしかめてその場に立ち止まったが、足止めできたのもつかの間、今度はさらに迷いのない足取りとなって二人の方に向かってきた。我を失ったようなきららちゃんの金切り声に、あんずはようやくはっとした。「危ない」と「逃げなきゃ」と「間に合わない」を同時に理解し、とっさに泣き叫ぶ彼女を背中にかくまう。それまで麻痺していた恐怖が一気に押し寄せ、体が今になってガタガタふるえ出した。そうして、ゾンビとの距離がついに1メートルを切ろうとした時、一つの言葉があんずの口をついて出た。

「ごめんなさい」

その言葉に、目の前の体がぴたりと止まった。

出てきたのがなぜその言葉だったのか、あんずは自分でもよくわからなかった。本当は何かもっと言いたいことがあるような気がするのに、それしか言えなかった。けれど、その場しのぎの出まかせでないことだけは確かだった。

あんずとゾンビはつかの間、ドラマに出てくる恋人たちみたいに見つめ合う形になった。目の前にいるのはやっぱり、以前おじさんの部屋に来ていた背の高い男だった。あの日、雨の中で見た、いやにぎょろっとした目が、あんずを冷たく見下ろしている。少しも焦点の合っていないような、自分を飛び越してはるか遠くを見ているような、色のほとんどないその瞳がひどく恐ろしかった。恐ろしいのに、なぜだか胸がしめつけられるような思いがした。

「……もう、やめてください」

最後に、あんずはふるえる声でそうしぼり出した。ゾンビは何もこたえず、代わりに息を一つ、ゆっくりと吐き出した。長い長い、吐息だった。それは、誰もいない真夜中の森を人知れず通り過ぎていく風のようだった。やがて、風は止み、ナイフを持った腕が音のない世界に大きく振りかざされた。刃先が夜空にぎらりと光り、あんずは思わず目をつむった。

神様――。

あんずは心の中で叫んだ。もういないとわかったはずなのに、気づくとそう叫んでいた。

直後、にぶい音があんずの鼓膜をふるわせた。

おそるおそる目を開けると、人の背中が見えた。真っ青な服を着た大人の体が、あんずのすぐ目の前にあった。視線を上げていくと、頭に警帽らしきものをかぶっている。警察官かと思ったが、その下にのぞいている耳は血の気のない薄紫色をしていた。その人物はあんずとゾンビの間に割って入り、振り下ろされたナイフを左の腕で受け止めていた。流れ出た血がひじからぽたりとしたたり落ちる。その色は青でも紫でもなく、あんずと同じ真っ赤な色をしていた。

「これが、お前、の、革命、か」

警帽の男は押し殺したような声でそう言うと、目の前の相手を力いっぱい突き飛ばした。

背の高いゾンビはバランスを失ってよろよろと後ずさり、そのまま後ろ向きに倒れた。脇から飛び出してきたフランケンシュタインとスーパーマンがすかさずその体を押さえこむ。スーパーマンはゾンビの手からナイフを取り上げると、集まった人々に向かってガッツポーズのように突き上げてみせた。

取り押さえられたゾンビは、言葉にならない声を真っ暗な空に向かって上げた。泣いているようにも聞こえるその雄叫《おたけ》びが響きわたる中、あんずはひざからゆっくりくずれ落ちた。背中ではきららちゃんが赤ん坊のように大きな声で泣きじゃくっていた。

「あんず」

「……はい」名前を呼ばれ、何が何だかわからないままに返事をした。

「無事、か」

振り向いたその顔は、おじさんだった。コスプレなのか、それとも、ただ仕事着のまま来ただけなのか、警備員のかっこうをしていた。あんずはおじさんに向かって、こくりと小さくうなずいてみせた。それが、せいいっぱいだった。安心したとたん、目の前の景色も、人も、オレンジ色の光も、水の中にいるみたいに全部ぐにゃぐにゃにゆがんだ。

＊

十人以上の死者を出した史上最悪の通り魔事件は、連日に渡ってトップニュースで伝えられた。様々な角度から撮られた事件当時の映像が何度もテレビに映し出され、ネットやSNSで拡散され続けた。あんな状況でも、少なくない数の人が動画を撮っていたようだった。

事件直後に撮られたインタビュー映像では、現場に居合わせた大人たちが魔女やヴァンパイアやゾンビのかっこうのまま受け答えをしていた。見た目のせいか、それとも興奮しているからか、彼らはどこか楽しそうにさえ見えた。スーパーマンのコスプレをしていた男はわざわざ当日と同じかっこうでワイドショー番組に出演し、犯人を取り押さえた時のことを得意げに語った。胸の「S」の下には汚い手書きの字で動画チャンネルの名前とURLが書かれていて、くわしくはここで、と何度もこれみよがしに指さしては司会者に苦い顔をさせていた。

ママはあんずにニュースの類を一切見せなかった。けれど、ママのいない間にあんずは一人でこっそり見た。どれだけ見ても、自分がそれに巻き込まれたのだという実感はわかなかった。それでも、毎日のように見ているうちに、事件当時の映像が映ると息苦しさを覚えるようになった。テレビの電源を切っても、それはしばらくの間治まらなかった。夜中にはひどくうなされ、何度も叫んで飛び起きた。恐怖のあまり、そのまま朝まで眠れないこともざらだった。

犯人は、名を大迫亜季夫《おおさこあきお》といった。国家に対する大規模なテロを起こそうと思ったが、仲間が集まらず計画倒れに終わった。そのことに絶望し、死ぬことにした。どうせ死ぬなら、誰かを道連れにしてやろうと思った。殺すのは、浮かれている人間なら誰でもよかった——。彼はそう話しているのだとニュースは伝えていた。死にたいと思う気持ちが、なぜ見ず知らずの他人を殺すという行動につながるのか、あんずにはそこがどうしてもわからなかった。わからないと思うと、ますます恐怖がつのった。すれ違う人が突然刃物を振りかざすような気がして、あんずはまたびくびくしながら道を歩くようになった。

あんずときららちゃんがおそわれたことは学校では秘密になっていた。けれど、ある日マスコミが校門まで取材に来たことでうわさが広まり、今度は教室の中ではれもののようにあつかわれることになった。それは結局、無視されているのと大して変わりがなかった。むしろ、あんずにとっては無視されていた時の方がよほど気楽なくらいだった。

ある時、あんずは休み時間に突然気持ち悪くなり、教室で吐いた。もう誰一人、そのことをからかったりはしなかった。そのかわり、声をかける者も、助ける者もなかった。教室はただしんと静まり返り、皆、吐いたものを自分で片付けるあんずの様子をじいっと遠巻きに見ているだけだった。その視線はひどくよそよそしく、あんずのお腹をきりきりとしめ上げた。その日を境に、あんずはそれまで一度も休まなかった学校を休むようになった。

大迫亜季夫の事件はあんずだけでなく、世の中にも少なくない影響を与えてしまったようだった。事件の後、「あぶなくない方」、すなわち「コンシャス」の人たちによる犯罪事件が立て続けに起こった。場所はばらばらだったが、どれも大迫亜季夫と同じ単独犯行で、犠牲者も出た。皆の中に「あぶなくない方」こそが危ない、という意識が生まれ、何もしていないコンシャスの人たちへの暴行も各地で起こるようになった。

当然ながら、共存に反対する運動も激しくなった。事件からしばらくすると、プラカードをかかげて「ゾンビは街から出て行け」と叫び歩く集団があんずの住む街でもしきりに見られるようになった。彼らと道ですれ違うたび、あんずのお腹はきりきりと痛んだ。自分に向けられた言葉ではないはずなのに、なぜだか必ずそうなった。そのうちに、あんずは外に出ると自動的にお腹が痛くなるようになってしまい、学校だけでなく、ついには買い物や散歩にも行けなくなった。朝から晩までアパートの部屋にこもり、屋上へ洗濯物を干しに行くことさえしなかった。

一人きりで留守番をしている間、おじさんはどうしているだろうとあんずは何度も思った。ママによると、どうやらおじさんもあまり外に出ていないようだった。世間ではコンシャスの人が事件の影響で仕事をクビになっていると問題になっていたから、おじさんも同じ目にあっているのではないかと気になった。けれど、それ以上に、いつかみたいに道端で暴力を振るわれていないか心配だったから、あんずとしてはそうやって家にこもってくれている方がまだ安心だった。

そんな風にして、日々はただ過ぎていった。季節は冬になり、世界がまた一つ年をとった。

＊

人ごみの中を逃げまどう。皆がばらばらの方向に逃げようとするせいで、何度も大きな体にぶつかって転びそうになる。走りながら必死に目をこらすが、知っている人の姿はどこにも見当たらない。そもそも、ここがどこだかわからないし、どっちに向かって逃げればいいのか見当もつかない。それでも、とにかく今いる場所からできるだけ遠くへ行かねばならない。それだけはあんずにもわかった。

あたりはもうすっかり夜になっている。月や星の光はおろか、それらに肩を並べようとする街灯のあかりさえここにはない。黒色の絵の具を丸々一本塗りこめたような空は、逃げまどう人たちの悲鳴を吸い上げてますます深くなる一方だった。足元では、ところどころに転がったカボチャのランタンがかろうじて光を放ってはいたが、それらはただ血まみれで倒れているヴァンパイアや魔女やフランケンシュタインの体を照らし出すばかりで、結局何のしるべにもならなかった。自分の知るよりずっと暗い空の下を、あんずはただ闇雲に走った。不安で恐ろしく、さびしくて、心もとなかった。

『立ち止まってはいけない』誰かが耳元でささやいた。

声にせきたてられるように、必死になって足を前に出す。止まってしまえばあっという間に追いつかれてしまうだろう。それはもう、すぐそこまでせまって来ているのだ。あんずには後ろからやって来る恐ろしいものの気配が――それが何だか一向にわからないにもかかわらず――全身にひしひしと感じられた。まもなく、まわりで人が次々倒れはじめた。エルフが、海賊が、シスターが、まるで魔法で石にでもされてしまったみたいにあっけなく地面に転がった。追いつかれてしまったのだ、とあんずは思った。いや、違う。大きくかぶりを振って思い直す。それはきっと、この人ごみの中にとっくにひそんでいたのだ。その証拠に、ほら、ごらん。誰かがそう言って指さした先では、狼男が赤ずきんの首元をかみちぎり、ポリスがゾンビに何発も銃弾を浴びせていた。ゾンビは体中から真っ赤な血を流して倒れ、やがて少しも動かなくなった。

『この世界はもう終わりだ』

ささやきに気をとられ、また誰かにぶつかってしまう。とっさに謝ったところ、人の体にそぐわない無機質な何かがその背にあった。それが突き立てられたナイフとわかり、あんずは思わず息をのんだ。ゆっくりナイフを引き抜いてみれば、日差しにとけたチョコレートのような血液が刃先にべっとりまとわりついている。やがて、大きな体が倒れて視界が開けると、そこには恐怖にゆがんだ顔がいくつも並んでいた。中にはなぜかあんずの顔もあった。その瞳に映っているのは、あろうことか、ナイフを大きく振り上げるあんず自身の姿だった。顔も服も真っ赤な返り血に染まり、目の焦点は少しも合っておらず、肌は夜がそのまま貼りついたみたいな暗い紫色をしていた。次の瞬間、ナイフが勢いよく振り下ろされた。あんずが叫び声を上げると、そこはベッドの上だった。

昼近くになってようやく起床したところ、家の中のどこにもママの姿がなかった。部屋にも、キッチンにも、バスルームにもいない。留守には慣れているはずなのに、あんずはひどく落ち着かない気持ちになった。口の中もからからにかわいている。とりあえず水を飲もうとキッチンへおもむくと、シンク脇に食材の下ごしらえをしたあとがあった。まな板の上に置きっぱなしになっている包丁を片付けようとするが、刃先がこわくて結局できない。あんずは事件以来包丁に触れなくなってしまった。

もうずいぶん長い間、アパートの外へ出ていない。一時は部屋の外にも出られなかったが、今はおばあさんの部屋になら行けるようになった。その道中で住民に会えばちゃんとあいさつできるし、少しなら会話の途中で笑うことだってできる。けれど、事件のことを急に思い出してこわくなったり、夜中に悪い夢を見て飛び起きたりということはまだまだ多かった。昨夜もこわい夢を見て目を覚まし、結局明け方になるまで眠れなかった。この数か月で、あんずは夜が長いということを身をもって知った。

冷蔵庫を開けると、切り分けられた鶏肉やパプリカやカボチャや椎茸がプラスチック容器に収まっておとなしく並んでいる。ママが下ごしらえをした食材だろう。今日は昼からアパートの屋上でバーベキューパーティーが開かれることになっている。企画したのはママとおばあさんだ。最初はおばあさんの家で四人で、と言っていたのに、いつの間にか話が大きくなっていた。正直なところを言えば、あんずは気が進まなかった。こんな真冬に屋上でバーベキューパーティーをやるなんてばかみたいに寒いだろうし、何より、ママがチラシを作って他の住民にも知らせてしまったせいで、あんまりしゃべったことのない人が来てしまうかもしれない。あんずはまだ、よく知らない人のことがこわかった。食材を見ながらため息をつくと、容器の表面がほんのりくもった。

今ごろ、ママは屋上でパーティー会場を整えているのだろう。おばあさんはバーベキューとは別に、何やら腕によりをかけた特別な料理を作ると言っていたから、会場の準備はママ一人でしなければならないのだ。あんずは少し迷ってから、ダウンジャケットを羽織って玄関を出た。

久々に上がった屋上はすっかり様変わりしていた。足元にはグリーンとオレンジのジョイントマットが市松模様にしきつめられ、南側の広く空いたスペースの真ん中に、大家族の食卓みたいなテーブルが固めて並べられている。その光景はまるで、空の下に現れた巨大な居間みたいだった。ところが、それを作ったはずのママの姿はどこにも見当たらず、あんずの心はいっそうそわそわとした。

「何、手伝ってくれるの」

声にびっくりして振り向くと、イスをたくさん抱えた男の人が塔屋のところに立っていた。背はそれほど高くはないが、熊みたいにずんぐりとした体つきの、何となく強そうなおじいさんだった。

「あの、うちのお母さんは……」こわごわたずねたところ、

「さっき下に下りてったよ」と愛想のない声が返ってくる。のしのし歩いていく背中にお辞儀をすると、あんずは急いで階段を下りた。きっと、ママはおばあさんの部屋に行ったのだろう。実際、二階を過ぎたあたりで声が聞こえ、あんずはようやくほっとした。

「よかったら、屋上に来ませんか」

ところが、それはおばあさんの部屋とは正反対の方向から聞こえてきていた。

「チラシでお知らせした通り、今からバーベキューやるんです」

意外なことに、ママがおじさんをパーティーに誘っているのだった。あんずは壁の手前にひそんでじっと様子をうかがったが、返事はいつまで経っても聞こえてこない。留守なのだろうかと思ったが、ママが立ち去らないところを見ると中に気配があるのかもしれない。

事件後、あんずはまだ一度もおじさんに会っていない。本当はおじさんにもシュレディンガーにも会いたかったけれど、危ないとママが言うので行かなかった。おじさんが、ではなく、おじさんを取り巻く状況が、であるのはあんずにも理解できたので、文句も言わ

ずにしたがった。

部屋に犯人が来ていたことがわかり、おじさんはあれから警察で取り調べを受けた。しばらくすると、それをかぎつけた記者たちが近所をうろちょろし始め、アパートの住民におじさんのことをしつこくたずねるようになった。その口調は、最初からおじさんを犯人の一味だと決めつけているようだったという。彼らの書いた記事に影響されたのか、その後は素性のよくわからない人たちもしきりに現れるようになった。遠巻きに見ているだけならまだしも、勝手に建物の中に入って動画の撮影を始める人まで出てきたので、警察に相談して注意してもらったこともあった。そのころにはもう、おじさんは夜間警備員の仕事をやめさせられていた。事件と関係がないとはとても思えなかった。

「あの子、ずっと元気がないんです。よかったら、会ってやってもらえませんか？」

ママがもう一度声をかけるが、中からはやっぱり反応がない。やがて、あきらめたのかこちらに歩いてくる音がしたので、あんずは静かに階段を上って逃げた。今回のパーティーを企画したのは、もしかすると自分を元気づけるためだったのだろうか？　そう思うと胸のあたりがじんわり温かくなった。

「何か、手伝うことはありますか」

屋上に戻ったあんずは、勇気を出してそうきいた。バーベキューコンロの設置にいそしんでいたさっきのおじいさんは、ゆっくりあんずの方を振り返ると、

「じゃあ、飾り付けでもやってもらおうか」と低い声で言った。

「どこに?」あんずがたずねると、太い指が柵の方をさした。確かに、そこくらいしか飾り付けられそうな場所はなかった。けれど、それでは何だかさびしいような気がして、何かいいアイデアはないだろうかとあんずはしばらく考え込んだ。

「私、代わるから、クマさん座って食べて」

にぎやかな声が屋上に響き渡る中、あんずはクマさんに代わってバーベキューコンロの前に立った。熊みたいな体をしたおじいさんだと思ったら、名前もクマさんだったので驚いた。漢字はさすがに違うようで、「久しぶり」の「久」に「一万円」の「万」と書いて「クマ」と読むらしかった。

肉や野菜をテンポよくひっくり返しながら、自分で飾り付けた会場を改めてじっくり眺める。色とりどりのペナントフラッグが風になびき、ハートや星のオーナメントがきらきら陽光に輝いている。ママが用意していた可愛らしい飾りを、あんずは洗濯ひもと物干し台をうまく使って四方八方に張りめぐらせた。屋上の飾り付けをしている間、あんずは久々に楽しいという感覚を思い出した。我ながら上手にできたとうっとりしていたら、つかみそこねたウィンナーが転がって網から落ちそうになった。すんでのところでトングで止め、セーフ、と小声で独りごちる。

パーティーには思ったより多くの人がやって来た。見かけたことのある人も何人かいたが、多くは初めて目にする人たちだった。あまり人気のないこのアパートに、こんなに人が住んでいたのかと驚くほどだった。知らない人と話すのはこわかったけれど、あんずはママの気持ちにこたえるつもりで自分の方から話しかけた。話してみると皆優しく、あんずの緊張はパーティーが進むにつれて少しずつほぐれていった。

来てくれた住民の中には海外出身の人もいた。外国の人と話すのは初めての経験だったが、どの人も日本語が上手でコミュニケーションに苦労するということはなかった。リンさんは台湾の人で、川向こうの大学に通う留学生の女の人。ナムさんはベトナムの人で、故郷に奥さんと子供を残して日本まで働きに来ているらしい。バスケットボール選手のような大きい体をしたナムさんは、里中のおじいさんを軽々とおぶって屋上まで連れてきてくれた。車いすはクマさんが運んでくれたらしい。本当はどちらもママが一人でやるつもりでいたようなので、二人が来てくれて本当によかったとあんずは思った。

大きなテーブルの上には、おばあさんの作った特製料理がところせましと並んでいる。何と、ギリシャの料理だそうである。ひき肉と野菜を重ねて焼いたムサカ、ピーマンの肉詰めのようなイェミスタ、ムール貝がたっぷり入ったピラフ。今あんずがひっくり返しているスブラキも、焼き鳥みたいでお酒によく合うと好評だ。コンロの前に立っていると、イスに座っているよりずっと暖かかった。真冬の屋上はやっぱり寒く、テーブルの周囲にいくつか置かれたストーブもあまり役には立っていなかった。みんなダウンジャケットやコートをしっかり着こんで、それでもまだ背中が丸まっている。けれど、そんな風に寒い寒いとみんなで凍えながら温かいごはんを食べるのは、なぜだかとても楽しかった。

「この会を『ダウンジャケット・パーティー』と名付けるのはどうかしら？　ね、いいネーミングだと思わない？　テーブルを囲む人々に向かって、おばあさんがはしゃいだ様子で語りかけている。そんなおばあさんを見るのは初めてだったので、あんずは何だか嬉しく思った。その隣で、おじいさんが何かに気づいたように顔を上げた。気になって視線をたどると、色とりどりのバルーンで囲んだ出入り口に人影があった。どうやら、新たな参加者が来てくれたようだった。逆光気味で顔がよく見えなかったが、見慣れたシルエットですぐに誰だかわかった。

「おじさん！」あんずは肉を焼くのを中断し、トングを持ったまま駆け寄った。

――腕はもう大丈夫？

――元気にしてた？

――シュレディンガーは元気？

矢つぎ早に繰り出す質問に、「ふつう、だ」とたったの一言でまとめて返される。あいかわらず不愛想でぶっきらぼうな、あんずのよく知るおじさんだった。何よりもそのことにあんずは安心した。

「ようこそ！　さあ、こちらへ！」

おばあさんが立ち上がってにこやかにおじさんを手招く。その光景を目にして、あんずはまた嬉しくなった。それまでも十分楽しかったのに、心がさらに浮足立った。あんずはおじさんの手を取り、笑顔でテーブルまで引っぱっていった。

「何、飲まれます？」

両手で酒びんをかかげるクマさんに、おじさんは少し申し訳なさそうな顔をしながら
「オレンジ、ジュース、で」とこたえた。

「何それ、超可愛いんですけど！」

すでに酔っぱらい始めていたママが大声で言うと、皆がどっと笑った。あんずも一緒になって笑った。こんな風に心から笑うのは久しぶりだった。おじさんは薄紫色のほっぺたをわずかに赤らめると、口の端を上向きにちょっぴり曲げた。


屋上での「ダウンジャケット・パーティー」はそれからも定期的に開かれた。意外にも、おじさんは毎回欠かさず来てくれた。自分からしゃべることはなく、ほとんどの場合端っこにちょこんと座って人の話を聞いているだけだったが、何か質問されれば言葉少なではあってもちゃんとこたえたし、時々は口の端をぐにゃりと曲げもした。

参加者は回を重ねるごとに少しずつ増えていった。途中で来なくなってしまった人もい

たが、新しく来てくれる人もいたし、誰かが外から友だちや知り合いを連れて来ることもあった。その中にはナムさんたちのような外国の人もいたし、おじさんと同じ「コンシャス」の人もいた。毎回、国も立場も年齢も違う様々な人たちと食卓を囲み、皆で楽しく話をした。料理はたいていの場合おばあさんが作ったが、時にはナムさんやリンさんが自分の国の料理をふるまうこともあった。クマさんは得意のギターを持ちこむようになり、食後に必ず一曲披露するのがいつしかお決まりになった。歌うのはあんずが生まれるよりずっと前に流行った曲で、「フォークソング」というらしかった。食事をするパーティーにぴったりの名前だとあんずは思った。

「ダウンジャケット・パーティー」を通して住民たちの仲は深まり、しだいに普段の生活でも交流するようになった。お年寄りのために買い物を交代で引き受けたり、重いものを皆で運んであげたりした。足りない調味料があれば誰かの部屋に借りに行き、家電の調子が悪ければ機械に強いクマさんが部屋まで行って直した。皆で一つの大きな家に住んでいるみたいで、あんずは楽しかった。毎日たくさん話して、たくさん笑った。気がつくと、夜中に叫んで起きることも、昼間に事件の光景を思い出すことも、以前に比べればずっと少なくなっていた。

『ゾンビは街から出て行けー！』

『出て行けー！』
『ゾンビは即時退去せよ！』
『退去せよー！』
『私たちの街にゾンビはいらなーい！』
『いらなーい！』

あんずがナシゴレンを皆の皿に取り分けていると、また大勢の人の声が下から聞こえてきた。アパートの前に集まった、コンシャスとの共存に反対する人たちだ。最近は「排斥派」とニュースや新聞で呼ばれるようになった。「ハイセキ」とは「押しのける」という意味の言葉で、つまりは気に入らない存在を自分たちの場所から追い出そうとする人たち、ということである。彼らはこのアパートにおじさんが住んでいて、他にもコンシャスの人やコンシャスを助ける運動をしている人たちが出入りしていることが気に入らないらしく、近頃毎週のようにやって来てはパーティーに水を差すのだった。

「うるさいなあ、もう」

顔をしかめてそう言うと、ママは缶ビールをぐびぐびと一気に飲み干した。

ハロウィン事件の犯人、大迫亜季夫はもうこの世にいない。

彼は留置場の中で自ら死を選んでしまった。しばらくニュースを見なかったので、あんずがそれを知ったのはごく最近だった。知った時は心底びっくりした。かわいそう、とも、ざまあみろ、とも思わなかったけれど、とてもショックだった。

先日目にした特集番組では、大迫亜季夫が職場でいじめにあっていた事実を取り上げていた。毎日のように差別され、ことあるごとにひどい言葉を吐かれ、殴られ、蹴られ、あるいは徹底的に無視されていた彼の、辛く苦しい孤独な生活に初めてスポットが当てられていた。その内容は、大迫亜季夫がおじさんの部屋でもらしていた言葉の答え合わせでもあった。もちろん、それが人を殺していい理由になるはずもなかったが、そうやって他人から傷つけられてきた人間が、罪のない他人を傷つける側にまわってしまったことを、あんずはとても悲しいことだと思った。

彼の死以来、コンシャスの人による通り魔事件はさらに増えた。犯人はやっぱり単独で、大迫亜季夫と同じように人通りの多い場所で縁もゆかりもない人をおそった。それまでと少し違うのは、つかまった犯人たちが「大迫亜季夫の意志を引きついでやった」とはっきり表明するようになったことだった。犯人たちは互いに会ったこともしゃべったこともないのに、まるで口裏を合わせたかのように必ずそう言うらしかった。やがて、彼らに「大迫派」という名前がつけられるようになったころ、日本語で運営されている様々なウェブサイトが立て続けにハッキングされるという事件が起こった。ただ画面いっぱいに「立ち上がれ、大迫派」という文言がでかでかと表示されるだけで、その他に実害があったわけではなかったが、おそらくはそれが犯人のねらいだったのだろう、結果的に全国ニュースに取り上げられて多くの人の目に触れることとなり、以後はメッセージに影響されたと思《おぼ》しき事件が都市部だけでなく地方でもしきりに起こるようになった。そうして、大迫派による事件が増えていくにつれ、「コーポそれいゆ」の前に集まる排斥派の人たちの数もどんどん増えていくのだった。

そんな日々の中で、ある朝、一人の住民がアパートの出入り口で大きな落書きを見つけた。

ゾンビは出て行け

片側の壁いっぱいに、血を思わせる真っ赤なスプレー塗料でそう書かれていた。クマさんは排斥派の人たちを問いつめたが、彼らは「我々の中にそんなことをする者はいない。疑うなら証拠を見せろ」と言い張るばかりだった。実際、出入り口には防犯カメラも何もなく、彼らの犯行を証明するものは何もなかった。

『ゾンビは街から出て行けー！』

『出て行けー！』

「うるさーい！　嫌ならお前たちが出て行けー！」

早くも酔っぱらい始めているママに無理やり肩を組まれ、おじさんは窮屈そうに身を縮めている。ママが体を揺らしたせいで、せっかく口元まで持ってきたナシゴレンがぽろぽろとジャージの上にこぼれた。

おばあさんが今回作ってくれたのは、インドネシア料理である。チャーハンみたいなナシゴレン、焼きそばみたいなミーゴレン。今コンロで焼いてくれているのは、サテアヤムという鶏料理だ。スブラキと同じように少し日本の焼き鳥に似ているが、こちらの味付けは何と、甘いピーナッツソースである。世界にはいろんな料理があるものだとあんずは毎度感心させられた。

「あんずちゃーん、ちょっと手伝って」

おばあさんに呼ばれてコンロのそばへ行くと、サテアヤムとはまた別に、こんがり焼き上がった大ぶりのチキンが皿にのせられていた。

「おいしそう！　これもインドネシア料理？」

「ううん、これはただ普通に焼いただけ。でも、上に『サンバルソース』をかけたらインドネシア料理に早変わりよ」

切り分けてからそこのソースをかけてね、と頼まれるが、ナイフを前にしてあんずはためらった。

「あ……そうだったわね」

あんずの様子に気がつくと、おばあさんは一瞬、気まずそうな顔になったが、

「じゃあ、焼く方を代わってくれる？」とすぐに笑顔に戻って言った。

「わかった！　私、焼くの大得意だし！」

笑顔を作り、差し出されたトングの持ち手をつかもうとしたら、おばあさんがたまりかねたようにあんずの体を抱きすくめた。

「ごめんなさいね、私が、あんなところに連れて行ったりしなければ、こんなことには……」

「そんな、おばあさんは何にも悪くないよ。だって、行きたいって言ったの私じゃん」

あんずは泣きそうになるのをこらえて言った。

「でも……」

「あ、ほら、もう一個のチキンこげてるよ！　早く貸して！」

「あら、大変、どうしましょう！」

二人でコントみたいにあたふたしていたら、今度は自然に笑みがこぼれた。傷ついているのは、辛い思いをしているのは、自分一人ではない。笑いながら、あんずはそう思った。

『私たちの街にゾンビはいらなーい！』

『いらなーい！』

『ゾンビは即時退去せよ！』

『退去せよー！』

『ゾンビは街から出て行けー！』

『出て行けー！』

「さて、そろそろこれの出番かな」

皿の上の料理が大方平らげられたころ、クマさんはテーブルの脇に立てかけてあったギターをおもむろに太ももへのせた。咳ばらいを一つし、太い指を器用に動かしてポロポロとメロディをつまびき始める。まもなく、熊のようなずんぐりとした体からは想像もつかない、美しくて深い響きを持った歌声が空の下に流れ出した。

それは、友だちに向かって語りかける歌だった。闇の向こうには明日がある。夜明けは近い。誰かがそう言って友だちをはげましていた。すぐに、おばあさんと三階に住んでいる河本さん夫妻が一緒になって歌い始め、他の人たちもおずおずと後に続いた。途中からはクマさんが先回りして歌詞を言い、あんずたちがそれをなぞって歌う形になった。聞いたことのない歌だったが、繰り返されるシンプルな歌詞とメロディはあんずにもすぐに覚えることができた。そうして、歌声はいつしか寒空に響き渡る大合唱となった。ママに肩を組まれたおじさんも、体を無理やり左右に揺らされながら口を小さく動かしている。友よ、友よ。夜明けは、近い。繰り返し、繰り返し、皆で歌った。長い長い、永遠に終わらない歌を歌っているようだった。このまま永遠に終わらなくてもいいとあんずは思った。下から聞こえてくる乱暴な怒鳴り声は、もう少しもあんずの耳に入ってこなかった。

「はいはーい、次、早坂こずえ、歌いまーす！」

ママが元気よく手をあげて立ち上がる。お酒がまわってすっかり上機嫌のようだ。ようやくママから解放されたおじさんがテーブルを離れ、屋上の隅へよたよた歩いて行くのが見えた。あんずはこっそり後を追った。

「寄るな、体、に、悪い」案の定、おじさんはタバコに火を点けながらそう言った。

「離れてればいいでしょ」あんずは2メートルほど距離を取って柵に寄りかかった。下を見ると、アパートの前に集まっていた人たちがいつの間にかいなくなっていた。

「帰ったね、あの人たち」

「そう、だな」

「歌が効いたのかな」

「さあ、な」

「どうしてあんなに嫌うんだろう。おじさんは悪いことなんか絶対しないのに」

あんずが口をとがらせて言うと、

「しないか、どうか、わから、ない」とおじさんが言った。彼らからすれば、という意味だろう。

「わからない、ものは、こわい。こわい、から、嫌う」

その言葉に、あんずは自分も最初のうちそうだったことを思い出した。

「……ごめんね、私も昔、ゾンビって呼んじゃって」

「かまわ、ない」

お前のは、ひらがなだった。おじさんがそんな妙なことを言うので、

「口で言ったら一緒じゃん」と苦笑いで返す。

背中からは、アムロちゃんを熱唱するママの声が聞こえてきていた。伴奏はクマさんのギターではなく、ママが知り合いからゆずり受けた中古のカラオケだ。古めの曲はクマさんのギターで歌い、新しめの曲（と言ってもだいたいはママが学生だった頃の曲だ）はカラオケで歌う。近頃はそんな二本立ての歌唱タイムが「ダウンジャケット・パーティー」のお決まりになっている。ちょっぴり調子っぱずれの歌声を聞きながら、ここはこんなに平和なのに、とあんずは思った。この柵の外側は、あまりにとげとげしい。

「何だか、世界が何もかもすっかり変わっちゃったみたい」

あんずは目の前の景色を眺めながら言った。

「昔、から、こんな、もんだ」

ぶっきらぼうにそう言うと、おじさんはタバコをまた一吸いし、白い煙をふうっと空に吐き出した。それはすぐに空の色にまぎれて見えなくなった。

「私、人も世界も、もっといいものだと思ってた」

言いながら、腕をだらりと放り出す。あごに触れた金属がひやりと冷たい。

「でも、本当の世界には、魔法もないし、神様もいなかった。あるのは戦争とかいじめとか差別とか、いやなものばっかり」

あんずがそう言うと、おじさんは鼻をふんと鳴らした。

「……そういえばさ、前におじさん、本は全部魔導書なんだ、みたいなこと言ったよね。あれってさ、書かれてる言葉が魔法みたいに人を助けるんだって言いたかったんだよね？」

あの時はわからなかったけれど、今ではわかる。

「だったらさ、さっきの人たちの言葉は何なの？　あんなの、全然魔法じゃないじゃん」

あんずはほとんど責めるような口調で言った。

あの時、自分は子供だましを言われたのだと、今のあんずにはもうわかる。それがおじさんの優しさから生まれた言葉だったことも、もちろんちゃんと理解している。親が子供に「サンタクロースはいるよ」って言うのと同じ。でも、言葉なんかで空は飛べない。カボチャだって、言葉一つで馬車になんかならない。人の傷は治せないし、時間を戻すことだってできやしない。だから、言葉はやっぱり魔法にはなれない。世界をよくすることなんかできないし、人だって助けられない。子供だましは、もう通じない。

「魔法、は、ある」

それでも、おじさんはあんずにそう言うのだった。

「お前が、望めば、それ、は、ある」

だからさ、と言い返そうとしたら、おじさんがあんずの言葉をさえぎって「俺は」と続けた。

「それを、望ま、なかった。信じ、なかった。だから、お前は、信じろ」

「……それって、なんかずるい」

あんずがふくれていると、二人の沈黙の間を風がひゅうと吹き抜けた。アパートの端に立っている木が静かに葉を揺らし始める。

「……ねえ、あの人って、おじさんの友だちだったの？」

不思議そうな顔をするので、「犯人の人」とはっきり言い直す。おじさんはゆっくり前に向き直り、「なぜ」と小さくつぶやいた。

「雨の日にね、あそこに隠れて話聞いちゃったの」あんずは木の方を指さして打ち明けた。

「ただ、の、知り合い、だ」

「あの人って、どんな人だったの」

　おじさんは今度の質問にはこたえず、事件のことはもう忘れろ、とめずらしく強い口調で言った。

「忘れらんないよ」

　あんずがきっぱり言い返すと、おじさんはだまりこんだ。ママの歌声が背中から遠ざかり、世界が水を打ったように静まり返る。目の前では、街じゅうの木々が音も立てずにスローモーションで揺れていた。

「すごく、こわかった」あんずは初めて口に出して言った。

「すごくこわかったんだけどね、犯人の人の、あの人の目がね……」

　すごく、さびしそうだったんだ――。そう口にした瞬間、強い風が正面から吹きつけてあんずの前髪をいっせいに持ち上げた。思わず目をつむって顔をそむける。

　あの時、「ごめんなさい」という言葉が口をついて出た時、自分は大迫亜季夫に何を言いたかったのだろうか。もし、もっとうまくそれを伝えることができていたら、何かが変わっていただろうか。それとも、世界はやっぱり言葉なんかではどうしようもなくて、これから先も真っ暗闇のままなのだろうか――。音のない世界に風が吹きすさび、あんずの心もスローモーションで揺れた。

「そう、か」

一人きりの暗闇に、おじさんの低い声がそっと入りこんでくる。ゆっくり目を開けると、強い風はもうおさまっていた。

「……私、ひどいよね。たくさん人が死んじゃったのに」消え入りそうな声でつぶやくと、

「それで、いい」とおじさんは言った。

「お前、は、何も、間違って、いない」

涙がこぼれないように上を向いたら、遠くで鳥たちがスイミーみたいに群れになって飛んでいるのが見えた。きれいにそろった動きを見ながら、はぐれた鳥がいたらどうするのだろうとあんずは初めて思った。誰かが探しにいくのだろうか？　それとも、仕方なく見捨てていくのだろうか？　そんなことを考えていたら、

「俺、は」とおじさんが口を開いた。

「あいつ、を、見捨てた。ちゃんと、話さ、なかった。ちゃんと、止めて、やらな、かった。そのせいで、人、が、大勢、死んだ」

いつも通りにゆっくりと、途切れ途切れに放たれるその声に、あんずはいつもとは違うかすかなふるえのようなものを感じ取った。おじさんも、自分自身を責めているのかもしれない。

「でも、おじさんは私を助けてくれたよ」

言ってすぐ、「あんずー！　一緒にパフィー歌おうよぉ」と背中の方からママに呼びかけ

られる。あんずは、わかった、と大きな声で返事をした。

「あのさ」くるりと身をひるがえし、改めておじさんの方を見る。

「あの時は、助けてくれて、ありがとう」

そう言うと、あんずはテーブルの方へ駆け出した。その言葉は、なぐさめなどでは決してなかった。そよ風に運ばれたタバコのにおいが、ふわりとあんずの鼻をくすぐった。


「あんず、本当に大丈夫？　無理しなくていいんだよ」

上がり口に立ったママは優しい声で言った。髪はぼさぼさで、唇に色はなく、開ききっていない目はいかにも眠そうだ。今朝はあんずのためにわざわざ起きてくれたのだった。

「うん、大丈夫」

「本当に付き添わなくていいのね？」

あんずは力強くうなずいた。

「じゃあ、いってらっしゃい。気をつけて」

「いってきます」

階段を下り、半年ぶりにアパートの外に出る。急に差しこんだ朝の光に軽く目をすがめると、あんずは意を決して足を前に踏み出した。目指すは学校、ライト兄弟やリンドバーグに並ぶ、世紀の大チャレンジだ。心配だったお腹も、どうやら痛み出す気配はない。人気のない細い路地はまもなく広い通りに変わり、アスファルトの上を何足もの靴が行き交い始める。革靴、ローファー、スニーカー。サンダル、パンプス、スリッポン。すれ違ったハイヒールのこっくりとした赤に目を奪われていたら、突然誰かの体にぶつかった。

「ごめんなさい！」

あわてて謝るが、向こうはあんずの方をいまいましそうに一つにらんだだけで、すぐにまたスマホに目を落として去っていった。ナムさんと同じくらいに大きな体をした男の人だった。体の小さいあんずのことなど、少しも目に入らなかったことだろう。それからはいっそう注意深く歩いたが、大人の大きな体が近づくたびにあんずの体はこわばった。すれ違う人には皆表情がなく、何を考えているのかさっぱりわからない。今にも鬼のような恐ろしい顔に変わるかもしれないし、かばんから、あるいはポケットから、ナイフや銃が突然出てくるかもしれない。足取りの急に重くなったあんずを、後ろから来たサラリーマンたちがどんどん追い越していく。この世界はやっぱり速すぎる、とあんずは思った。大人になるというのは、きっと、この速さに巻きこまれていくということなのだろう。ついていけない人は邪魔だとにらまれ、遅いと見下され、あるいは、アリのように気にもとめられない。ふと、知らない遠くの街をおじさんと一緒に歩いた日のことを思い出す。あんずの目の前で、黒いジャージの背中が不規則に揺れた。

『今は、まだ、ゆっくり、で、いい』

一歩一歩、汚れたスニーカーのつま先を前に出す。着実に、確実に。自分のペースで。自分の、リズムで。

いよいよ学校が近づき、道の上がランドセルでうめつくされるようになると、意外にもあんずの心はかえって軽くなった。水色、紫、紺色、ピンク。どれも光を受けて生き生きとしている。やっと見上げた空には雲一つない。屋上でも同じように照っていたはずなのに、あんずはなぜだか久々に太陽の光を浴びているような気がした。

教室の扉を引くと、クラスメイトたちがいっせいにあんずの方を見た。それまで繰り広げられていたおしゃべりが音量ダイヤルをひねったみたいにすっと消える。あんずは一拍置いてから、教室の中に足を踏み入れた。

「私の席はどこ?」

近くにいた野田さんにたずねると、彼女は呆気にとられたような顔で窓際の方を指さした。静けさをかき分けて自分の席へ向かい、かたい座面に腰を下ろす。そのとたん、皆がひそひそ声になっていっせいに会話を再開させた。いくつかは明らかに自分のことを話題にしているとわかったが、かまわずランドセルから教科書を取り出して机の中に収めた。かぶせと本体の金属部分を重ね合わせ、カチャリとロックをし、脇のフックにぶら下げる。そんなあんずの動き一つ一つを、誰もがじろじろ眺めていた。教室の中では変わらずただのはれものに過ぎなかったが、もうそんなことはどうでもよかった。「ダウンジャケット・パーティー」の人たちがいれば、ママがいれば、おじさんがいれば、たとえ世界中の人が自分に優しくなくても平気だとあんずは思った。

＊

あんずがいつものように登校すると、教室の前にきららちゃんの姿があった。廊下に出された机を持ち上げようとしているので、駆け寄って手伝おうとするが、

「一人で持てるからいい」とすげなく拒否される。

「じゃあ、私イス持つ」

「いいってば！」きららちゃんの大声に、その場にいた生徒たちがいっせいに振り向いた。

「いい子ぶらないで！　本当はざまあみろって思ってるくせに！」

きららちゃんはクラスでいじめのターゲットにされていた。事件直後はあんずと同じくはれもののように扱われていたはずだが、あんずが休んでいる間にいつの間にかそうなってしまっていた。二学期に入っても、その状況は変わらないままだった。

「そんなこと思ってない！」

すぐにそう言い返そうとしたが、言葉がのどの手前でひっかかる。きららちゃんが以前の自分と同じ目にあっていても、あんずは男子や野田さんたちに「やめなよ」と言えてい

なかった。助けたいという気持ちはあった。それは嘘ではなかった。けれど、言えばまた自分がターゲットにされるのではないかと思えて、結局何もできないままでいた。そこにざまあみろという気持ちが少しもないかと問われると、あんずには自信がなかった。教室の中では、重そうに机を運びこむきららちゃんを見ながら野田さんたちがくすくす笑い合っていた。

『こどもスピーチコンテスト』

少し遅れて教室にやって来た森田先生は、話し始めるよりも先に黒板にでかでかとそう書いた。

「二か月後、川を渡った先の市民ホールで開催されるコンテストだ」

平和、夢、未来。会場に集まった人々の前で、いずれかをテーマにしたスピーチをする。クラス代表の中から二学年ごとに選ばれた三名が校の代表として区の予選会に出、それを勝ち抜くことができたら、今度は区の代表として市民ホールでのコンテスト本選に出場する――。先生の説明を聞きながら、クラスメイトたちはいかにもだるそうなそぶりを見せた。

「クラスの代表はどうやって決めるんですかぁ」一人の男子が先生にたずねる。

「二組では全員にスピーチをやってもらって投票で決めるそうだが、うちはそうしない。立候補制をとろうと思う。ずっと言っている通り、このクラスのテーマは自主性だからな。誰か、立候補する者はいないか」

とたんに教室は静まり返った。皆顔を伏せ、心なしか体まで小さく縮めている。先生はいろんな言葉で生徒たちの気を引こうとしたが、手を挙げる者は一人として出なかった。五分が経ち、十分が経ち、このままではいつまで経っても決まらないぞと誰もが不安に思い始めた頃、教室の真ん中あたりで一人の手が挙がった。野田さんだった。

「私は井上さんがいいと思います」

その言葉に、皆がいっせいにきららちゃんの方を見た。

「俺も、井上さんがいいと思います」

「俺もー」

「私も井上さんがいいと思います」

「だって、井上さんしゃべるのうまいし」

「声だって大きいし」

「さっきも廊下ですんげーでっけえ声出してたもんな！　俺の席まで聞こえてきたもん」

「前に書いてた作文もすっごくうまかったよね」

野田さんの発言をきっかけに、さっきまで静かだったクラスメイトたちは口々にしゃべり出した。皆、ただ自分がやりたくないだけなのは明白だった。

「それに、井上さんヒガイシャだし」

その言葉にはさすがに教室がしんとなった。やがて、気まずい沈黙を破ったのは先生だった。言った生徒をしかるのかと思ったら、まったくそうではなかった。

「確かに、井上にとってもいい機会かもしれないな。どうだ、井上、せっかくだからやってみないか」

このクラスのテーマは自主性だと言ったはずの先生は、これ以上時間を費やしたくないのか、きららちゃんにそう持ちかけた。その言い方は、ほとんどやれと言っているようなものだった。教室にいる誰もがきららちゃんの「はい」を待っていた。そんな無言の圧力にたえかねたのか、きららちゃんはついに下を向いてしまった。

「……はい」

静まり返った教室に響いたのはきららちゃんの声ではなく、あんずの声だった。皆が驚いたように今度は手を挙げたあんずの方を見た。

「何だ、早坂。どうした？」立候補者をつのったことを先生はもうすっかり忘れてしまっているようだった。

「私が、やります」皆がきょとんとしているのがわかった。

「私も、ヒガイシャです」

その日から早速、あんずは原稿作りに取りかかった。テーマ選びには迷わなかった。おじさんのこと。それから、事件のこと。この一年のできごとを通して感じたことや考えたことを自分なりに書くつもりだった。けれど、始めてまもなく、とんでもないことに手を出してしまったとあんずは思い知った。言いたいことはあるはずなのに、ちっともうまくまとまらないのだ。何となくわかったような気がしていたことも、いざ言葉にしようとするとうまく形をとらなかったし、頭の中でばらばらに存在しているたくさんの「考え」や「思い」や「言葉」を、ちゃんと人に伝わるよう、線路みたいに一直線に、階段みたいに順々に積み上げていくというのは、あんずが今までやってきたどんなことよりも難しかった。それまで何の考えもなしに書いていた作文とは大違いだった。何度も何度も書き直し、部屋の中が紙くずでいっぱいになった。

「どんなこと書いてるのぉ」

「気が散るから見ないでよ！」

ママがいる時にはにやにやした顔でのぞかれ、いない時には原稿用紙の上でぐうすか寝てしまうので、あんずは洗濯物を外に干すのはきっぱりあきらめ、しばらくの間は図書室にこもって原稿を書くことにした。あんずの学校には好んで本を読む生徒が少ないのか、そこはいつ行ってもすいていたし、特に放課後は先生の許しがないと入れないこともあってほとんど人がおらず、集中して書きものをするにはうってつけの場所だった。あんずは森田先生の許しをもらうと早速図書室に向かった。

教室と同じ色をした扉をゆっくり引くと、中には一人だけ生徒がいた。確か、隣のクラスの浅川さんという子だ。しゃべったことはないけれど、これまでも図書室でよく見かけてはいた。いつもと同じく長い髪をポニーテールにくくり、愛らしいチェック柄のワンピースを着て姿勢よく本を読んでいる。いかにも本の似合う、おとなしそうな子といった雰囲気だ。声をかけるべきか迷っていたら、あんずの気配に気づいたのか、ふいに彼女が顔を上げた。視線が合ってどきりとする。

「何しに来たん？　何か用？」

厳しく問いただすような口調に、あんずは思わずたじろいだ。

「あ、いや、スピーチの文章を……」

「ほな、ちゃっちゃとすませてや」見た目からは想像できないしゃべり方に気圧《けお》されてしまい、「そんなすぐには……」と口ごもると、

「えっ、もしかしてこれからずっと来んの？」と彼女は露骨に顔をしかめた。

「一応、許可はちゃんと取ってるから……」

おそるおそるそう言うと、浅川さんは短く息を吐き、

「それやったらしゃーないな。静かにつこてや」と突き放すように言ってまた読書に戻っ

た。何だか申し訳ないような気になりながら、あんずは近くにあったテーブルにそろりとランドセルを下ろした。続けてイスを引こうとしたら、脚が床にこすれて大きな音が鳴ってしまった。浅川さんがまた顔を上げ、あんずの方を軽くにらんだ。

「……ごめんなさい」

予期せぬ「図書室の主《ぬし》」の登場に先が思いやられたが、翌日からはあんずの望んだ通り、静かな環境で原稿書きに集中することができた。浅川さんとも特に言葉を交わすことはなく、お互い、ただ空気みたいに同じ場所に存在しているだけという感じだった。思ったほど気をつかうこともなかったし、静かにさえしていれば向こうも文句はないようだった。

浅川さんはいつも必ずあんずより先に図書室に来ていて、最終下校時刻が来るまでもくもくと宿題をしたり本を読んだりしていた。言葉こそ交わさなかったけれど、毎日のように時間をともにするうち、彼女についていろんなことがわかってきた。彼女のワンピースが実は二種類をかわりばんこに着ているだけであること。その表面にはシワや食べ物をこぼしたようなシミが結構あること。割と古い本を好んで読んでいるらしいこと。皆と同じランドセルではなく、まったく形の違うリュックを使っていること――。いつもかたわらに置かれている彼女のリュックは、レモンからそのまま抜き出したような鮮やかな黄色をしていて、窓の外の景色とともに、時折筆が進まなくなったあんずの目を楽しませた。彼女はあんずと同様、よそから転校してきた生徒で、どうやら前の学校の通学かばんを今でも使っているようだった。今日も時計の長針がぴったり真上を指すと、浅川さんはその黄色いリュックを重そうに背負って図書室を後にした。

「図書室の主」の称号にふさわしく（と言ってもあんずが勝手に付けただけだが）、学校の他の場所で彼女を見かけることは一度もなかった。あんずはしだいにそのことを不思議に思い始めたが、何か楽しい理由から「図書室の主」をやっているわけでないことだけはうっすらわかったから、わざわざ本人にたずねたり、隣のクラスへ確かめに行ったりはしなかった。それが、放課後の図書室という特別な場所で過ごす上での、暗黙のルールであるような気がしていたのだった。


なりゆきで立候補してから一週間、ついにスピーチ原稿を先生の前で発表する日がやってきた。

時間になっても先生が来ないので、あんずは窓の外をぼんやり眺めて待った。眼下に広がる運動場では、山本君たち男子数名がサッカーをして遊んでいる。その脇を、桜色のランドセルを背負った女子生徒が一人で歩いて行くのが見えた。――きららちゃんだ。男子たちはボールを止めると、彼女に向かって何か声をかけた。ばかみたいに笑い合うのを見て、からかったのだとすぐにわかる。きららちゃんは立ち止まりも振り向きもせず、いっそう早足になって校門へ向かっていった。何だかいたたまれない気持ちになり、あんずは窓から顔をそむけた。二つ隣のテーブルでは、浅川さんがいつも通りに本を読んでいる。今日は何の本だろうと気になるが、ここからだと表紙は見えない。図書室の時計をもう一度見ると、約束の時間をもう十分以上過ぎていた。先生の足音はまだ聞こえてこない。

その時、ひじをついていたテーブルがかすかにふるえたような気がした。何だろうと思った直後、今度は図書室全体がガタガタ音を立てて激しく揺さぶられた。地震だ、とあんずは身をこわばらせたが、震動はすぐにおさまった。ふと浅川さんの方を見やると、めずらしく彼女もあんずの方を向いていた。

「今の、地震やんな」

「……だよね」

彼女と言葉を交わすのは、ここで原稿を書き始めた日以来だった。再び窓の外を見ると、男子たちは変わらず運動場を元気に駆け回っている。きららちゃんはちょうど校門を出るところで、同じく変わった様子はない。外にいると気づかないものなのだろうかとあんずが不思議に思っていると、

「なあ」と浅川さんに呼びかけられた。はい、とあわてて振り返る。

「早坂さんって、スピーチコンテスト出るんやんな？」

「え？　ああ、うん」名前を知られていることにあんずは少しだけ驚いた。

「投票で選ばれてもうたん？　それとも、じゃんけんで全員に負けたん？」

「いや……一応、立候補」

「まじで?」彼女があんまり目を丸くするので何となく気まずくなり、

「浅川さんは、どうしていつもここにいるの」

とはぐらかすつもりできいてしまう。すると、先生から何も聞いてへんの、と浅川さんはいっそう目を丸くした。

「うちな、『図書室登校』やねん」

「保健室登校」というのはどこかで聞いたことがあったが、「図書室登校」は初めて耳にする言葉だった。話によると、基本的には一日中ここで自習をしたり本を読んだりし、時折いろんな先生が交代でやってきては勉強をみてくれるらしかった。校内の他の場所で見かけなかったのはそういうわけだったのだ。

「ほら、うち、こんなしゃべり方やろ? せやから転校早々、クラスでいじめられるようになってな、でもアホどものためにしゃべり方変えるんもしゃくやから、ソッコー不登校になったってん。逃げたんちゃうで、まっとうな抗議活動や。そしたら、先生が家まで来てな、学校来いひんかってえらいしつこく言うから、イヤやってずっと言い続けてたんやけどな、何回目かに来た時に、保健室でええから来いひんか、って言い出したから、これはチャンスやと思って、図書室やったら行ったるって言うたってん。ここやったらかしこしか来いひんし、騒ぐ奴もおらんし、それより何より、タダで山ほど本読めるやろ?

願ったり叶ったりやと思てな。要するに、うちの勝ちや。先生の顔もちゃんと立ててやったし、完ぺきやろ？」

彼女は笑い話のようにあっけらかんと事情を語った。これほどおしゃべりだとは予想もしていなかったから、あんずはすっかり呆気にとられた。

「特に、放課後はほぼうちだけの天国やったからな、誰か来るんは正直イヤやってん。せやから、最初の日ぃにイヤそうな顔したん、かんにんやで」

ところどころよくわからない言葉はあったが、何だか面白い子だと思い、気がつくとあんずは自分も一時期学校に来られなかったのだと打ち明けていた。

「それに……その前は、私もクラスでいじめられてた」

「そうなんや。早坂さんも転校生やもんな。あいつら、外から来たもんに普通にできひんのよ。うちらは『風の又三郎』かっちゅうねん。どっどど、どどうど、どどうど、どどう」

浅川さんのまねた風の音が面白くてあんずはくすくすと笑った。

「まあ、物語やとあとで仲良くなるけどな、実際はそうはならん。それが現実っちゅうもんや」

「浅川さんは宮沢賢治の本が好きなの？」以前、読んでいる本の表紙がちらっと見えたことがあった。

「うん、わりかし好きやな。ホラーちゃうのにちょっとこわくて、何かええ感じや」

「わかる。何かちょっとだけこわいよね！」

「早坂さんも同じこと感じてたんや！」

何となくこの子となら友だちになれそうだという予感がして、あんずは勢いで、

「ねえ、私たち、友だちにならない？」と言ってみた。ところが、

「ならん」と即答されて面食らう。

「友だちはいらん。うちな、おとんのせいで転校ばっかやから、友だち作らんことにしてんねん。かんにんやで。まあ、転校がなかったとしても、別にそんなもんいらんけどな。一つもメリットあらへんし」

「……メリットって何？」

「得すること。友だちなんか作っても、ただめんどくさいだけや」

あんずが返答に困っていると、「悪い悪い」と言いながら森田先生が入って来て話はそこまでになった。

「あの、先生、さっきの地震っていくつでしたか？」

震度が気になってたずねたところ、先生は、

「地震あったの？　ほんとに？　全然気づかなかったけどな」と言った。

「……校舎の外にいたんですか？」

「いいや、ずっと中にいたけど？」

不思議に思って浅川さんの方を見ると、彼女もきつねにつままれたような顔であんずの方を向いていた。なぜだか急におかしいような気になって、二人して顔を見合わせたままくすくす笑う。

「何だよ、俺、何か変なこと言ったか？」先生が苦笑いを浮かべて言った。

「……うん、なかなかいいな。読み方はまあ、これから直していけばいいとして、原稿はすごく上手に書けてる。中学生、いや、もしかすると高校生レベルかもしれない。何より、俺の教えたことがちゃんと伝わってて、正直感動しちゃったよ」

書いてきた原稿を読み上げたところ、そんな風に先生がほめちぎったので、あんずはすっかり気をよくした。

「ただ、コンシャスの人が『ゾンビ』と呼ばれてしまうことがある、っていうところと、自分もそう呼んでしまっていた、っていうところは要らないかな。なくても十分意図は伝わるし」

「はあ」そんなものかと思いながら気の抜けた返事をすると、

「それから、ハロウィン事件の犯人についての部分もカットしよう」と続けて言うので、これには思わず「えっ？」と声を上げてしまった。そこはあんずが最も大事だと思っていた部分だった。理由をたずねると、

「だって、『目がさびしそうだった』なんて言ったら、まるで犯人をかばってるみたいじゃないか」と先生は苦笑いでこたえた。

「じゃあ、明日までに今言った通り書き直して来て。で、明日からはスピーチの特訓だ。浅川さん、ここで練習してもいいよね？　相談室はあなたのクラスに取られちゃったからさ」

浅川さんが無言でうなずくのを見届けると、先生は腕時計を見ながら急いで図書室を出て行った。

「あんたってさ」黄色いリュックを背負いながら、浅川さんが口を開いた。

「何か、不器用でピュアやなあ」

呆れたように笑うと、彼女はそのままさっさと帰ってしまった。


「早坂、そこはもっとゆっくり言って……そうだな、言いながら手でも広げてみようか」

「こう？」

「いや、もうちょっと小さく」

「こう」

「それよりは大きく。金魚鉢持ってるんじゃないんだからさ」

翌日から、スピーチの猛特訓が始まった。声の強弱、テンポ、顔の表情、息つぎのタイミング。それから、身ぶりや手ぶり。人にうまく伝えるためには言葉の内容だけでなく、それを発する上での様々な技術が必要だった。しかも、決められた時間内にうまく収めないといけない。早く終わっても、オーバーしてしまってもだめなのだ。ストップウォッチを手にした先生の前で、あんずは何度もスピーチを繰り返した。

「そこはもっと感情をこめて」

「はい！」

「そこはもっとはっきりと」

「はい！」

「そこで目は動かさない！　自信なさそうに見える！」

「はい！」

特訓が終わると、あんずは毎回持久走の後みたいにへとへとになった。

「あんなたくさん言われても、いちいち全部覚えらんないよ」テーブルの上に突っ伏し、半分ひとりごとのように愚痴ると、

「物語やと思ったらええんちゃう？」とリュックを背負いながら浅川さんが言った。

「物語？」

「うん。スピーチって、本に書かれてる物語と何か似てるやん」

「あぁ……」確かにそうかも、とあんずが思っていると、「ほなまた」と言って浅川さんは

今日もさっさと帰っていった。

スピーチは物語に似ている——。そのことに気づいてから、あんずのスピーチはみるみる上達していった。そこには、物語と同じように様々な感情が渦巻いている。世の中の問題に対する、悲しみや、怒りや、やりきれなさ。主人公はその中で右往左往したり、洗濯物みたいにぐるぐる回ったりしながら、あるべき正しさを信じ、冒険物語の勇者よろしく、言葉でもってまっすぐ問題に立ち向かうのだ。あんずは森田先生の指導のもと、それぞれの場面で最もふさわしい感情を、できるだけ正確に表現するよう心がけた。静かに始まるオープニング・シーンから少しずつテンポを上げていき、クライマックス、すなわち一番大事なメッセージの部分では声を大きく、はきはきと、力強く張り上げる。手ぶりを心持ち大きくし、あごをしっかり上げ、時にはこぶしを強く握りしめる。そうするとあんずの気持ちも高ぶり、物語に熱のようなものが生まれるのがわかった。そして、どうやらその熱には聞く人の心を巻き込む効果があるようだった。あんずがスピーチをした後には、明らかに他の人よりも大きな拍手が起こった。校内の選考で代表に選ばれて区の予選会に進むと、あんずは他校の代表をのきなみ破って見事に本選への出場を果たした。

「早坂、まだタイムに余裕があるから、本選では最後の部分でわざと少しだけ間をあけよう。ためを作って、聞いてる人の意識をぐっと引き付けるんだ。そうすれば言葉がよりドラマティックに響く」

「はい！」

あんずは夢中になった。何かを目指してがんばることも、がんばったことで結果がついてくることも、初めての経験だった。家に帰ってからも、あんずは部屋の中で表情や手ぶりを毎日繰り返し復習した。


ある夜、いつものように部屋の中で練習していると、インターホンが鳴った。ママはもう仕事に出ていたが、ドアスコープからのぞくと立っているのはクマさんだったので、あんずはドアを開けた。

「そうか、ママはお仕事の時間だったな」

少し申し訳なさそうに言うと、クマさんはチラシを一枚あんずに手渡した。

「今度『ダウンジャケット・パーティー』でカラオケ大会をやろうと思ってね。外からもたくさん人呼んでさ。また、パフィー？　だっけ？　あれ二人で歌ってよ」

紙面に大きく書かれた日付は、よりにもよって、コンテストの当日だった。

「この日は……ちょっと、用事で遅くなっちゃうかも」

「大丈夫、ぎりぎり夕方くらいまでやるつもりだから。じゃあ、そういうことでママによろしく」クマさんは笑って言うと、満足そうにのしのし歩いて帰っていった。

ドアにもたれ、もらったチラシを見ながらあんずは唇をかんだ。本当は「ダウンジャケット・パーティー」の皆にもスピーチを聞きに来て欲しかった。もっと早くコンテストのことを知らせておくべきだった。練習に夢中で、そこまで頭が回っていなかったのだ。おじさんは歌うのが好きじゃないみたいだから、今から頼めば来てくれるだろうか？　カラオケ大会の時間をずらしてもらうことは？　無理だ、とすぐにかぶりを振る。おじさんは人のたくさん集まる場所には行きたくないだろうし、確か大家さんとの約束でカラオケは日が暮れたら禁止だったはずだ。自分一人の都合を押し通すわけにはいかない。皆には皆の都合があるのだ。

深いため息をつきながら、そういえば、とあんずは思った。近頃、おじさんの部屋にもとんと遊びに行っていない。コンテストが終わったら、心置きなく遊びに行こう。本を読み、シュレディンガーとたっぷり遊び、そして、コンテストの話をおじさんに聞いてもらおう。次の「ダウンジャケット・パーティー」で皆にも話をして、来られなくてもまるでその場にいたかのような気分になってもらおう。その時のためにも、賞状とトロフィーがぜひ欲しい。見せたらきっと皆喜んでくれるだろう。おばあさんに「あら」と笑顔で言わせよう。おじさんの口の端をぐにゃりと曲げてやろう。そして、ママに鼻高々になってもらおう。あんずはドアにもたれたまま、スピーチの内容を口の中でそらんじ始めた。それは何だか、皆を笑顔にする魔法を発動させるための、長い長い呪文であるような気がした。

その夜のことだった。あんずがぐっすり眠っていたら、突然ママにたたき起こされた。

「あんず、早く逃げるよ！」

「……おかえり」また酔っぱらっているのだろうと思いながら目をこすって言うと、

「おかえりじゃないの！」とママがあんずの肩を激しく揺さぶった。

「アパートが火事なのよ！」その言葉に、あんずの目は一気に覚めた。

二人であわてて階段を下りていくと、他の住人も寝る時のかっこうのまま外に出ていた。その中におばあさんたちの姿を見つけ、二家族で身を寄せ合う。燃えているのは建物の一階北側、ちょうどおじさんの部屋があるあたりだった。窓から顔を出したオレンジ色の炎が怒ったように身をよじらせ、空にはけたたましいサイレンの音が響きわたっている。見回しても姿がないので「おじさんは？」と焦ってきいたが、ママもおばあさんも首をただ横に振るだけだった。そのうちに消防車が真っ赤な光をまき散らしながらやってきて、部屋への放水が始められた。あんずは息をのんでその様子を見守った。しばらくすると火は収まり、見えるのは灰色の煙だけになった。住民の間にほっとした空気が流れるが、あんずはお腹の中にコンクリートでも流しこまれたみたいに重い気分のままだった。アパートの前には救急車も来ていたが、誰かがタンカで運ばれていくということはなかった。

やがて、南側の住民は部屋に戻ってかまわないということになり、あんずは後ろ髪を引かれる思いで皆と一緒に階段の方へ向かった。建物に入ってすぐ、北側の通路の始まる場所に違和感を覚え、思わず足を止める。何だろうかと目をこらせば、壁の端から衣服の一部がのぞいている。見慣れたジャージの、黒い袖だった。

「おじさん！」

あんずは声を上げ、小走りで前に回りこんだ。そこにいたのは、確かにおじさんだった。感極まって抱きつこうとしたら、おじさんのお腹が妊婦さんみたいにふくらんでいてぎょっとする。ふくらみからは、ミャア、と可愛らしい鳴き声が聞こえた。あんずは全身の力が抜けたようになり、へなへなとその場に座りこんだ。


おじさんの部屋から出た火は、アパートの壁を三階近くまで焦がしていた。部屋の前に立っている木も、炎にさらされた部分だけ枯葉みたいな色に変わってしまっている。ガラスが割れて丸見えになった部屋の中では、あの背の高い本棚が真っ黒にすすけていた。あんずの読んだ本も、読まなかった本も、焼き魚みたいに焦げているか、そうでなくとも濡れて使い物にならなくなっていた。もうあそこにある本を読めないのかと思うと、あの、日に焼けた茶色いページをめくることがもう二度とないのかと思うと、あんずは悲しくてたまらなくなった。

てっきり火事の原因はタバコかと思っていたら、外から火炎瓶が投げこまれたということだった。あんずは火炎瓶というものの存在をこの日初めて知った。瓶の中にガソリンを入れ、垂らした布で栓をする。子供にもわかるくらい簡単なつくりをしているくせに、それはマシンガンやミサイルや核爆弾と変わらないくらいにどす黒い悪意のかたまりだった。そこにこめられた「焼け死ね」という知らない誰かのメッセージに、あんずの胸は苦しくなった。

「きっとまた排斥派連中のしわざだ。あいつら、本当に許せない！」

緊急に開かれた住民同士の話し合いで、クマさんはそう言ってひどく怒った。おばあさんや河本さん夫妻がどれだけなだめても、その怒りはなかなか収まらなかった。誰もが多かれ少なかれクマさんと同じように思ってはいたが、いつかの落書きと同様、やっぱり確実な証拠は何もないのだった。

住む場所を失ったおじさんに手を差しのべたのは、おばあさんだった。南側の空き部屋に移れるよう大家さんに話をつけ、準備が整うまでは自分の部屋に泊まればいいと申し出た。もちろん、シュレディンガーも一緒だった。あんずは嬉しくなって、早速おばあさんの部屋へ遊びに行った。

自分の部屋とまったく同じ大きさをしたおじさんの仮住まいで、あんずは久々にシュレディンガーとたわむれた。短いひもを目の前に垂らし、シュレディンガーがそれをつかもうとする瞬間、意地悪くさっと引き上げる。繰り返すうちにどんどん興奮していくさまが何とも愛らしかった。引き戸の向こうでは、おじさんが改めておばあさんにお礼を述べていた。

「お礼なんて言わなくていいわ。だって、これは、偽善ですもの」

おばあさんはいつもの優しい声でそうこたえた。ギゼンとは何だろうとあんずは思った。

「……正直に言うわね。私は、みんなのようにはうまくあなたたちを受け入れられてはいない。だから、これは偽善なの」

おばあさんの本音に思わず手が止まる。すきを見たシュレディンガーがあんずの手からぱっとひもを奪い取った。すっかり興奮しきったシュレディンガーは、動かないひもとケンカするみたいにぐりんぐりんと身をくねらせて暴れた。

「ご子息、の、ことは、聞いて、います」

無理もないことです、とおじさんは言った。

「あなたたちに何の罪もないことは、もちろんわかっているのよ。あれは、ただただ不幸な出来事だった。誰かが悪いわけでは決してない。頭ではそうわかっているのだけど……感情の方がね、いつまで経ってもわかってくれないの。でもね」

おばあさんはそこで言葉をためた。シュレディンガーがようやく不毛な戦いを止め、急におとなしくなってしまったあんずの方を不思議そうに見上げる。

「あなたは、あの子を助けてくれた」

あなたがいなければ、私は大事な子を二度も失うところだった――。おばあさんは静かにそう続けた。

「だから、礼を言うのはあなたではなくて私の方よ。カブラギさん、本当に、ありがとう」

手を伸ばしてシュレディンガーの頭をそっとなでると、さらさらとした毛並みが指にとても心地よかった。そのまま手のひらをゆっくり背中にはわせていくと、毛並みのすぐ下に肉と骨の確かな感触があった。生きている体の温かさに、あんずの心は安らいだ。

――あんずちゃーん、お茶にするわよー。手伝ってちょうだーい。

引き戸の向こうから、いつもと変わらないおばあさんの声がした。

「え、何ー？」あんずはわざとよく聞こえないふりをした。

――て、つ、だっ、てー。

シュレディンガーが頭をもたげて声のする方を見る。姿勢の変化に合わせて、肉と骨がしなやかに動くのがわかった。

「はーい！」

日が傾き始めたのか、居間はもう薄暗かった。気を利かせて電灯のスイッチを入れにいくが、部屋にあかりがともらない。すぐに思い当たり、あんずはしまったと思った。いつかママに頼もうと思っていたのに、すっかり忘れてしまっていた。遅い時間にお邪魔することがなかったから、あんずもママも気づけなかった。おばあさんたちはあれからもずっと、夜、この部屋で真っ暗なまま過ごしていたのだ！　あんずは申し訳ない気持ちでいっぱいになった。

「おじさん、大丈夫？　落ちないでよ？」

テーブルの上に乗ったおじさんが、たどたどしい手つきで蛍光灯を取り外す。ゆっくりかがんだおじさんに、あんずは天使の輪っかみたいなまっさらの蛍光灯を手渡した。もう一度立ち上がろうとした体がぐらりと揺れ、あわてておばあさんと一緒に手を伸ばす。

「いくよ。３、２、１……」

ゼロ、の合図でスイッチを押すと、真新しいあかりが居間を明るく照らした。あんずとおばあさんは笑顔でパチパチと拍手した。見れば、おじいさんも小さく手をたたいている。だまって蛍光灯を見上げるおじさんの顔はあいかわらず無表情だったが、心なしか満足そうにも見えた。

ありがとう、これでまた夜ふかしができるわ。おばあさんは目の端を指でぬぐいながら嬉しそうに言った。

＊

「その火事起こしたん、もしかしたらうちのおとんかもしれへん」

ある日の帰り道、浅川さんは沈んだ声でそう言った。くわしく聞けば、彼女の父親は数か月前から排斥派の活動にのめりこんでいるのだという。

「最近休みの日ぃはいっつも抗議活動に出かけとるし、たぶん、早坂さんのアパートに集まってる奴らの中にうちのおとんもおると思う」

「だとしても、さすがに火炎瓶は投げてないでしょ」あんずが冗談めかして笑っても、

「わからん。可能性はゼロやない」と浅川さんは神妙な顔つきをくずさなかった。

あんずは浅川さんとよく話をするようになった。図書室の中や帰り道で、好きな本の話やお互いの家族の話をした。浅川さんもあんずと同じように親が離婚していて、でも、あんずとは違って彼女は父親と一緒に暮らしていた。浅川さんの父親は入るのが難しい有名な大学を出ているエリートだったが、長い間どこにも正社員としてやとってもらえず、数年前に離婚してからは根無し草のように各地を転々とするようになった。職場でケンカをしたとか、好きだった女の人に振られたとか、そういう理由ですぐ浅川さんを連れて引っ越してしまうようだった。わずかな給料はほとんど女の人に費やされ、引っ越しの費用も毎回ばかにならないものだから、彼女はずっと貧しい暮らしを強いられていた。服は四季を通じて十着ほどしか持っていないし、夕食はいつも無料の「こども食堂」を利用しているらしかった。彼女が世界で一番嫌いな四字熟語は、父親がことあるごとに口にする「心機一転」だった。

「今はな、正社員の若い女のことが好きみたいやねん。会社の人はやめとけってあんだけ

言うたのに。そもそも、正社員の若い女がわざわざハケン社員の子持ちオヤジなんか選ぶかいな」

浅川さんはそんな風に毒づいたかと思うと、

「この街ともそろそろオサラバかもしれへん」と力なく肩を落とした。

「ええ？　やだよ、そんなの」

「うちかてイヤやけどしゃあない。子供だけでは生きられへんから、ついていくしかないやん。子供は無力や。結局はうちらが何言うてもムダなんや。早坂さんかて、親が離婚する時、どうしようもなかったやろ？」

あんずは無言でうなずいた。本当に、どうしようもなかった。

「うちのおとんはいっつも人に期待しすぎなんや。ニュースでコンシャスの問題やってんの見ても、何でこいつらが助けられて俺らが見捨てられてんねん、まずは俺らを助けろやっていいっつも文句言うとるし、うちに新しい母親連れてきたるって毎回いきごんで、まんまと金だけ取られとる。人間なんてろくなもんやないし、そんなもんに期待してもムダなんやって、いつまで経っても学びよらへん。フッーは離婚の時にこりて思い知るやろ。学習能力ゼロかっちゅうねん」

浅川さんは顔をしかめてまた盛大に毒づいた。

「腹が立つのはわかるけど、人にもいろいろいるんだしさ、全員ろくでもないみたいに思わない方がいいんじゃない？　一人の中にだって、いろんな顔があるんだし」

「あほかいな。いざという時に悪い顔の方が出るんが人間なんや。あんた、『赤いろうそくと人魚』読んだんやろ？　あれが真実や」

「あの話はそうかもだけど、ほら、『野ばら』では若い兵士が敵の老兵士を殺さないじゃん」

「じゃあ、その若い兵士は最後どうなった？」

あんずは言葉に詰まった。国境を守っていた若い兵士はその後激戦地へとおもむく。しばらく経って、彼の身を案じた老兵士が通りかかった旅人にたずねたところ、戦争に勝ったのは自分の国の方で、敵国の兵士は皆殺しにされてしまったという。若い兵士もきっと殺されてしまっただろうと老兵士は考えるが、直後、国境に咲く野ばらの花のにおいをかいでいる彼の姿を目撃する。声をかけようとしたところ、そこで目が覚めてしまい、その姿が夢だったとわかるところで物語は終わる。

「学校の授業では人に優しくしましょうとか、思いやりが大事ですとか、耳にタコできるくらい言われるけど、現実の世界はそんなもんではやっていけへんってことや。そういう奴はろくでもない奴らに利用されるか、殺されてまうか、グスコーブドリみたいに人助けて自分だけ死ぬかのどれかしかあらへん。この世界で生きていこうと思たら、人魚売り飛ばした奴らみたいになるしかないいんよ」

ほら、ろくでもないやん。浅川さんは勝ちほこったように言った。

「そういうろくでもないの人間になるなって言いたいんじゃないの、あの人魚の話って。人間はろくでもない、って言いたいんじゃなくて」

「ちゃうって。ろくでもないって言いたいんやって。だってさ、ろうそく屋の住んでる街は結局滅んでまうやん。めっちゃ暗い終わり方やん。たぶん書いたおっさんもわかっとったんや。人間もこの世界もどうしようもないって」

「えっ、あの話書いた人って男の人なの？」

あんずは横断歩道の真ん中ですっとんきょうな声を上げた。

「え？　知らんかったんか？　小川未明はメガネかけたつるつる頭のおっさんやで。どの本か忘れたけど、写真のってたもん」

「私、てっきり女の人だと思ってた！」

「あぁ、『ミメイ』ってちょっと女の名前っぽいもんな。でもまあ、読む方からしたら別にどっちでもええけどな」

「……あれ？　私たち、何の話してたんだっけ」

「何やっけ。わけわからんようになってきたな」

あんずは浅川さんとこんな風に意見が対立することも少なくなかった。けれど、そうなっても不思議と嫌な気持ちはしなかったし、むしろ意見を戦わせるのが楽しくさえあった。そんな話し相手はあんずにとって初めてだった。できることなら失いたくなかった。

「あーあ、このままやと、いつか引っ越しで全国制覇してまう気がするわ。うちは旅人かっちゅうねん。そのうち行くとこなくなって、そうなったらもう海外行くしかあらへん。今のうちから外国語の勉強しとこかな。ハロー、ボンジュール、アニョハセヨー」

そう言いつつも彼女は毎日、日本語で書かれた物語を変わらず読みふけっていた。


日々は旅人のように通り過ぎていき、気がつくと「こどもスピーチコンテスト」の本選はもう明後日にせまっていた。最後の練習を終え、先生が図書室を出て行くのを見届けると、あんずは「つかれたー」と叫びながらテーブルに突っ伏した。

「あー長かった。これで来週からやっとこさ静かになるわ」

あんずが顔を上げてにらみつけると、浅川さんは意地悪そうにほくそ笑んだ。早くもリュックを背負い出すので、「待って、私も帰る」と急いで帰りじたくを始めた。

「なあ、あさって、緊張する?」

帰り道でそうきかれ、あんずは正直にうなずいた。

「前から早坂さんにききたかったんやけどさあ、何で自分からやる言うたん? 別に、目立ちたがりのいちびりでもなさそうやのに」

「それは……」少し迷ってから、あんずは正直にきららちゃんのことを話した。

「え？　じゃあ、その子助けたるために、あんたがわざわざギセイになったん？　メリットゼロどころかマイナスやん」

グスコーブドリ級のお人好しやな、と浅川さんはあきれ顔になった。

「……でも、それだけじゃない、と、思う」

「あ、うちわかったで。入賞したら図書カード山ほどもらえるんやろ」

「魔法を、使ってみたかった」

「魔法？」浅川さんの動きがぴたりと止まる。

「言葉は、魔法になる」

「え？」

「……って同じアパートのおじさんが前に言ってたの」

「前に話しとったコンシャスの人？」あんずは無言でうなずいた。

「それって、本当なのかなって。もし本当なんだったら、それで世の中よくできたらなって、まあ、何となくだけど、そう思って……」

「世の中？」

浅川さんが隣できょとんとしているのがわかった。あんずはとても彼女の目を見られなかった。

「なあ、うちら、ただの小学生やで？」

「まあ、そうなんだけど……」

「そんなん無理に決まってるやん」はっきり言われてしまうと、やっぱりショックだった。

「子供やし、いや、子供やなくても、言葉なんかで世の中変えられるわけないやん。だってさ、言葉でどうにかなるんやったら、そもそも戦争なんか起こってへんやろ」

「……でもさ、もしかしたら、何人かには伝わるかもしれないでしょ？　その何人かは、悪いことをやめて、世の中をよくするようなことをやってくれるかもしれないじゃん」

「あんたはそれでほんまに戦争が終わると思うん？」

「まあ、いつか、は」我ながら歯切れが悪いとあんずは思った。

「あんた、親が離婚した時のこと忘れたんか？」

「別に忘れてないけど……」

「うちはちゃんと学んだで。おかんが私を捨てて、男の方を選んだ時にな。言葉なんか、そよ風以下や。葉っぱ一枚揺らせへん」

「じゃあ、どうして浅川さんは本を読むの？　どうして言葉だらけの本が好きなの？」

あんずの反撃に、それは、と浅川さんが口ごもる。

「……現実の世界よりずっとおもろいし、それに、図書室と同じで何か安心するからや。別に何か期待して読んでるわけとちゃう。それでも、うちは十分助かっとる。その人が言うたんも、そういう意味やったんとちゃうんか？」

「そうなのかな……」あんずは急に自信が持てなくなった。

「まあ、ええわ。うちにはようわからんけど、あんたがやりたいことはわかった。否定はせえへん」

　そう言うと、浅川さんは歩道の縁石の上にひょいと飛び乗った。あんずもまねをして後に続く。二人してよたよた歩いていると、建物の間から夕日が急に浅い角度で差しこんできた。まぶしさに思わず目をすがめていると、

「早坂さんさあ」と光るリュックの向こうから呼ばれた。

「何？」

「ほんまに魔法にしたいんやったらさあ、今の内容でほんまにええんか？」

　そんな風に問いかけられ、今度はあんずがきょとんとしてしまった。

「どういうこと？」

「だって、先生にめっちゃ変えられたやん」

「それは私の書き方がよくなかったから……」

「あれは下手くそやから直されたんやなくて、先生にとってめんどくさい部分をけずられたんやで。わかってへんかったんか？」

「めんどくさい部分？」

「そう。要するに、あたりさわりのないええ子ちゃんの文章に変えられたんや。うちは最

初の方がおもろかったけどな。ええ子ちゃんになる前の方が」

「ほんと?」浅川さんにそう言われると、何だか先生にほめられるより嬉しいような気がした。

「なあ、あさっての本番、一番最初の原稿でやったったら?」

浅川さんが急に立ち止まり、くるっとあんずの方を向いて言った。

「……無理だよ、そんなの」

「何でよ。だって、あれがあんたの伝えたいことやったんやろ?」

「だめだよ、怒られるよ」

「なんで怒られるん。あんたの言葉はあんたのもんや。先生のもんとちゃう」

そう言い切ると、浅川さんは前に向き直ってまた歩き出した。

「クーデター起こしたったらええねん」

「……クーデターって何?」

「仲間うちで起こす反乱のことや」

「そんなことしないってば!」

「やっぱりあんたはええ子ちゃんやなあ」

そんなことをしゃべっている間に、早くも分かれ道の手前に着いた。いつもここで、あんずは右に、浅川さんは左に曲がる。じゃあね、と言って行こうとしたら、浅川さんが一時停止ボタンをタップしたみたいに動かない。あんずは不思議に思って足を止め、「どうしたの」と声をかけた。

「うちな、転校することになってん」

「えっ……」

「来月か、再来月か、まだくわしいことは決まってへんけど」

唐突な告白に、あんずの頭の中は真っ白になった。

「おとんのあほ、予想通りまんまと振られよった。それで結局居辛くなって、また仕事やめてまいよった。何で若い女が正社員で男の俺がヒセーキなんや、とか、ゾンビは皆殺しにしたるとか、毎日昼間から酒飲んでくだ巻いとる。こうなるんわかり切ってたから、うちは最初からやめとけ言うたんや」

「そんな……」

「せやから、特別にあさっての本番見に行ったるわ。クラスの奴らと顔合わすんはイヤやけど、最後やし特別出血大サービスや」

うちがいることでもっと緊張してまえ。おどけたようにそう言うと、浅川さんはそのまま左の道を駆けていってしまった。

その夜は、おじさんが里中家に泊まる最後の夜だった。新しい部屋の準備が整い、明日の朝には移るらしい。あんずはスピーチの練習もそこそこに、里中家でのお祝いディナーにお呼ばれした。夜でも明るくなった里中家の居間で、四人と一匹で楽しく食卓を囲む。

残念ながらママは仕事で来られなかったが、何だか本当の家族みたいだとあんずは思った。

「窓の外に滑車を取り付けてね、一階から三階までカゴが動くようにするの。それでね、お菓子とか本とか中に入れて、お互いの部屋を行き来させたら楽しそうじゃない？」

パエリアを食べながらそんなアイデアを話すと、いいわね、とおばあさんが微笑んだ。

おじさんの新しい部屋は、何と、あんずたちの部屋の真上だった。おじいさんとおばあさん、自分たち、そして、おじさん。ビンゴみたいに縦に並んで住めることを、あんずはとても嬉しく思った。

「普通に、取りに、くれば、いい」おじさんがエビのから取りに苦心しながら言う。

「カブラギさん、そんな身もふたもないこと言わないの」

「そうだよ、もう、夢がないんだから」

あんずがふくれてみせると、おじさんは口の端をちょっとだけ曲げた。

「それはそうと、あんずちゃん。あさっての会場はどこ？」

「え、もしかして来てくれるの？」あんずは思わず身を乗り出した。

「もちろん。カラオケはいつでもできるけど、コンテストは一回きりだもの」

「ほんと？　ありがとう！　おじさんも来る？」

少し期待したが、色よい答えは返ってこなかった。それでも、おばあさんたちが来てくれると思うとあんずの胸はおどった。それまでの倍、いや、それ以上にがんばれそうな気がした。絶対に賞状とトロフィーを持って帰ろうとあんずは改めて胸に誓った。

「あんずちゃーん、片付けるの手伝って！」

食後におじさんの部屋でシュレディンガーと遊んでいたら、いつものように居間からそう呼ばれた。元気よく返事をして立ち上がろうとした瞬間、ガラスが割れたみたいなものすごい音が引き戸の向こうで鳴り響いた。あんずがあわてて戸を引くと、すぐ目の前に真っ赤な炎が上がっていた。それはあっという間に四方に広がり――まるで凶暴な獣が獲物に飛びかかるかのように――おじいさんのひざから垂れたブランケットへと燃え移った。あまりに一瞬のできごとで、あんずは声を上げることすらできなかった。

「あんず、消火、器！」

毛布を抱えて現れたおじさんに指示され、あんずはほとんど反射的に駆け出した。通路に出、消火器を抱えてまた戻ると、玄関でそれを受け取ったおじさんに思い切り体を押された。通路に尻もちをついたとたん、腰が抜けてしまったのか、あんずはそのまま立ち上がれなくなった。まもなく、おばあさんが部屋から出てきて、通路にへたっているあんずを抱きしめた。そうされて初めて、あんずの体は震え出した。

幸いにも、火は他の部屋に燃え移ることなく収まった。おじさんもシュレディンガーも無事だったが、おじいさんは火傷《やけど》を負ってしまった。

「今回も奴らのしわざに決まってる！　もうかんにん袋の緒が切れた！」

病院に駆けつけたクマさんは、これまでにないくらいに激しくいきり立った。

「こっちがおとなしくしてたら奴らはますますつけ上がる一方だ！　こうなったら、目には目を、歯には歯を、だ！」

つばを飛ばしながらそう叫ぶと、クマさんは病院の外に走り出て誰かに電話をかけ始めた。

火元は、またもや火炎瓶だった。明らかにおじさんと、おじさんをかくまうおばあさんたちをねらったものだった。処置を終えたおじいさんは今、病室で眠っている。おばあさんもそこにいて、今夜はそのまま付き添うらしい。

――ばちが当たったのよ。

あんずがどれだけ「神様なんていないよ」と言い聞かせても、おばあさんはうわごとのようにそればかり繰り返した。

――ずっと人を差別してきたから、神様が天罰を下したんだわ。

あんずは今、病院のロビーで河本さん夫妻に付き添われながらママの到着を待っている。

誰かが一緒にいてくれても、人気のないロビーはひどく心細かった。さっきからずっとおじさんの姿も見当たらない。どこに行ったのだろうと気にはなったが、探しに出る気力はもうなかった。

（ねえ、あなた、もう引っ越しましょうよ。あのアパートは危ないわ）

（そうだな。すぐにでも引き払おう）

あんずの背後では、河本さん夫妻がそんな風にこそこそ話し合っていた。やがて、ロータリーにタクシーが到着し、中からママが出てくるのが見えた。外国の映画に出てくるような、黄金色のきらびやかなドレスを着ていた。仕事着のママを見るのは初めてだった。ママはヒールの音をカツカツ響かせて走ってくると、あんずの肩をつかみ、「大丈夫？　ケガしてない？」と焦った様子でたずねた。あんずは何もこたえず、ママにがばっと抱きついた。首元から香水の強い香りがした。

不思議なことには、その後、赤いろうそくが、山のお宮に点った晩は、いままで、どんなに天気がよくても、たちまち大あらしとなりました。それから、赤いろうそくは、不吉ということになりました。ろうそく屋の年より夫婦は、神様の罰が当たったのだといって、それぎり、ろうそく屋をやめてしまいました。

赤いろうそくは、売られた人魚が残していった、悲しい思い出のしるしだった。

しかし、どこからともなく、だれが、お宮に上げるものか、たびたび、赤いろうそくがともりました。昔は、このお宮にあがった絵の描いたろうそくの燃えさしさえ持っていれば、けっして、海の上では災難にはかからなかったものが、今度は、赤いろうそくを見ただけでも、そのものはきっと災難にかかって、海におぼれて死んだのであります。

タクシーに乗って病院から帰る際、あんずは一台も車のとまっていない広い駐車場の中ほどに、一人きりでぽつんとたたずむおじさんの姿を見つけた。その手元には、小さな赤い火があった。それは車の動きに合わせてゆっくり窓の上を動いた。

真っ暗な、星もみえない、雨の降る晩に、波の上から、赤いろうそくの灯が、漂って、だんだん高く登って、いつしか山の上のお宮をさして、ちらちらと動いてゆくのを見たものがあります。

幾年もたたずして、そのふもとの町はほろびて、滅くなってしまいました。

タクシーが角を曲がると、おじさんの姿はすぐに見えなくなった。

＊

固く閉ざされたドアはいつまでも開かない。

あんずが何度呼びかけても、おじさんからの返事はなかった。それでもじっと待っていると、中から小さな物音が一つした。もう一度呼びかけるが、やっぱり返事はなく、どうやらそれはおじさんの固い意思であるようだった。あんずはついにあきらめ、とぼとぼと階段を下りていった。

火炎瓶を投げ込まれた部屋はとても人が住める状態ではなく、おばあさんはしばらく病院近くのホテルに泊まることになった。今のところ命に別状はないが、おじいさんの入院はしばらく続くとのことだった。他の部屋に移るのか、あるいは、別のアパートに引っ越してしまうのか、先のことは何も決まっていないようだった。

まだお化粧が終わらないのか、戻った居間にママの姿はなかった。あんずは窓のそばにもたれかかり、久々に編んでもらったおさげを光にかざしてじっと眺めた。顔の前に持ってきたそれは、何だか新種の動物のしっぽみたいだった。何やら外が騒がしいのでカーテンをそっとめくると、早くも排斥派の人たちがアパートの前に集まり始めていた。

『ゾンビは出て行け』

『この街にゾンビはいらない』

『NO！ ZOMBIE』

まだかかげられてはいないが、物騒な言葉のつづられたプラカードがすでにいくつも見えている。手にする彼らは皆、とても険しい顔をしていた。

これまでで最大規模の「排斥デモ」が今日の午後に決行される。クマさんからそう聞いていた。カラオケ大会の日程がどこかからもれ、それにぶつける形で計画されたようだった。河本さんが言っていたことには、「ダウンジャケット・パーティー」は排斥派の人々に「共存派」――コンシャスの人たちと共に暮らすべきだと考える人々――の集会だと勘違いされ、「コーポそれいゆ」は、言うなれば敵の根城だと見なされているらしかった。彼らはこちらが否定すればするほど思いこみを強くしていき、先日の火炎瓶事件にも明らかなように、こちらの行動に対してますます過激に反応するようになっていた。それを危ぶんだ河本さんはカラオケ大会の中止を提案したが、クマさんは決行すると言い張って聞かなかった。それが俺の抵抗なんだ、屈したら負けだとつばを飛ばし、最後には「闘う用意はこちらもできている」と意味深な言葉を残して話し合いの場から去っていった。誰かが傷つけられるようなことがまた起こってしまうのではないかと気が気でなく、あんずはコンテストが終わり次第、すぐにアパートへ戻るつもりでいた。

――子供が一人おったところで、何ができるっちゅうねんな。

ふいに、浅川さんの声が聞こえたような気がした。

――言葉なんか、そよ風以下や。葉っぱ一枚揺らせへん。

昨夜、「あんなことがあったんだから無理して出場しなくていい」とママには言われたが、あんずは首を横に振った。どうしても、コンテストには出たかった。クマさんが言ったみたいに、あんずにとってはこれが「抵抗」なのかもしれなかった。そっとカーテンを元に戻すと、背中から「さあ、行こっか」とママの声がした。

「いけない、スマホ忘れた！」

ママが大きな声を上げ、今下りてきたばかりの階段を急いで駆け上がっていく。きっとすぐには見つからないだろうと思い、あんずは出入り口近くの壁にもたれて気長に待つことにした。心配しなくても、時間にはまだ余裕があった。

ゾ　ン　ビ　は　出　て　行　け

向かいの壁には、赤いスプレーで書かれたいつかの落書きが消しきれずにうっすら残っている。まるで傷あとみたいだと思いながら眺めていたら、こちらへ近づいてくる人影が目の端に映った。見ると、白髪頭の知らないおばさんだった。

「あなた、ここの子？」

あんずがおそるおそるうなずくと、

「見て！　子供も住んでいるわ！　一刻も早くゾンビに出て行ってもらわなきゃ！」とおばさんは後ろを振り返って叫んだ。どうやら、彼女も排斥派の一人であるようだった。

「かわいそうに。あなた、毎日こわいでしょう。おばさんたちが早く何とかしてあげるからね」

「……別に、かわいそうなんかじゃありません」

だから何もしてくれなくていいです。あんずがきっぱり言い返すと、おばさんはみるみる青ざめた顔になり、

「何てこと！　すっかり洗脳されてしまってるわ！」ときんきん声で叫んだ。

「さ、あなた、こっちに来なさい、こんなところに一秒だっていちゃだめよ！」

おばさんはあんずの手首をぎゅっとつかんで引っ張った。

「痛い！」

あんずが声を上げても、おばさんは手を離してくれなかった。それどころか、振り払おうとすればするほど、つかむ力はますます強くなった。離して、と泣きそうになりながら叫んだところで、ちょうど階段を下りてきたママが「何してんのよ！」とおばさんに向かってすごんだ。そこでようやく手が離れた。

「あんた人の娘に何するのよ！　一体何なの！」ママはあんずを背中にかくまいながら怒

鳴った。

「あなたこそ何なのよ、こんな小さな子を洗脳して！　まったくひどい毒親だこと！　せめて子供だけでも解放してあげなさい！」

ママは短く息を吐くと、

「あんず、行くよ。何言ってもムダだ」とあんずの手を引いて歩き出した。

「わかったわ、その服！」声に振り返ると、おばさんが鬼のような顔で叫んでいた。

「お金をもらっているのね！　恥を知りなさい！」

あんずは自分の着ているワンピースを見た。あんずもママも、この日のために買っておいたいっちょうらを着ていたのだった。


本選の会場となっている市民ホールに着くと、周囲はすでに大勢の人でにぎわっていた。その光景に、あんずの胸が早くも音を立て始める。「こどもスピーチコンテスト」と書かれた立て看板と一緒に世にもぎこちない顔で写真に収まると、少し早めに出場者受付へと向かった。

「この先はお子様だけになります」

案内役の係員にそう言われ、ママとはここでお別れとなった。

「あんず、会場で見守ってるからね！　落ち着いてやれば大丈夫よ！」

心強い声にうなずいてみせると、あんずは係員の後に続いた。

案内されたのは、出場者用の広い控え室だった。合間に簡単なリハーサルはあるらしいが、基本的には本番までここでじっと待つことになる。壁には鏡がずらりと並んでいて、それぞれの前に知らない子供たちが座っていた。あんずが入ってきたことに注意を払う子はおらず、誰もが鏡に向かって一人でしゃべり続けている。皆、本番に向けて最後の練習をしているのだ。その殺気立ったような雰囲気に、あんずの緊張はさらに高まった。

一つだけ空いていた手前の席に座ると、あんずはゆっくり視線を上げた。ミラーライトに照らされた顔はやけに白く、見慣れない服と髪型もあいまって、何だか自分じゃないみたいだった。長く付き合ったケガのあとも、気づけばすっかり目立たなくなっている。それだけの時間が経ったのだとあんずは実感した。

かすかな手の震えを自覚して視線を落とすと、左の手首に見覚えのない模様があった。ちょうど人の指の形に赤くなっている。さっき、知らないおばさんにつかまれたあとだ。こんなに強い力でつかまれたのかと今になって血の気が引いた。ケガのあとがようやく消えても、またこうやって別のあとが付いてしまう。それは、なかなかよくならない世界のあらわれであるような気がした。気持ちを落ち着かせるために、あんずはスピーチの内容を小さくそらんじ始めた。皆を笑顔にする魔法を発動させるための、長い長い呪文――。

終わりまで言い切ったらまた最初に戻り、何度も何度も繰り返し唱えた。

気がつくと、控え室の時計は正午を大きくまわっていた。コンテストの進行が遅れているのか、未だにお呼びがかからない。練習に夢中になるあまり、さっき呼ばれて出て行った子が何番だったかも定かでなく、あと何分くらい待たされるのか見当もつかなかった。左右が逆になった時計を見ながら、デモはもう始まってしまっただろうか、とあんずは思った。おじさんや「ダウンジャケット・パーティー」の皆のことがひどく気がかりだった。待てば待つほど気がはやり、同時に、本番への緊張も増す一方だった。

「エントリーナンバー8番、早坂あんずさん。ステージの方へご移動お願いします」

係員から声がかかり、ようやく控え室を出る時がやってきた。あんまり長く緊張が続いたせいか、あんずの意識はもはやもうろうとし始めていた。通路で待ちかまえていた森田先生に声をかけられても、すぐには先生と気づけないほどだった。

「いいか、早坂、落ち着いて、練習した通りにやるんだぞ」

先生の声と一緒に、マイクに乗った他の子のスピーチが耳に入ってくる。はきはきとした高い声。押し寄せては引いていく波みたいなしゃべり方。まもなくそれは、足を前に出すたび大きくなっていく胸の鼓動にかき消されていった。

「早坂、聞いてるか？　俺が教えたとおりにやれば、お前は絶対勝てるからな」

先生の声がくぐもって響く。何だか海の中にもぐっているみたいだとあんずは思った。

「いいか、とにかく、一番初めに腹から大きな声を出すんだ。そうすれば、そこからは今まで練習してきたことが自動的にお前を導いてくれる。それから、最後にためをつくるのを忘れるな。今のところ他の出場者はやってないから、そこで差をつけられる。焦らずためて、観客の意識をたっぷり引き付けるんだ。いいな？」

気づくと、あんずはもうステージ脇の暗がりにいた。大きな拍手がわき起こり、スピーチを終えた知らない子が向こうへ去っていく。

「お前なら勝てるぞ、早坂！」

ばん、と背中をたたかれて、あんずは森田先生の顔を今日初めて見た。

「誰に？」

「え？」

「誰に勝つの？」

あんずの言葉に、先生はきょとんとした顔になった。ああ、と思わず声がもれる。

「先生、私のは、勝つための言葉じゃなかったかも」

「は？」

そのまま二人で見つめ合っていると、あんずの名前が会場にアナウンスされた。

「早坂、大丈夫だ、話し始めたらすぐに緊張は解けるから！　それから、最初と最後は笑顔な！　忘れるなよ！　さあ、行け！　優勝してこい！」

威勢のいい言葉に送り出され、とぼとぼ歩いてマイクの前に立つ。

ゆっくり顔を上げると、大勢の人間があんずを見つめていた。右手の方にはクラスメイトたちがひとかたまりになって座っていて、周囲には隣のクラスや他の学年の生徒も見える。浅川さんの姿は見当たらないが、たぶん、会場のどこかにいるのだろう。だだっ広いホールは、他にも審査員や係員、他の学校の生徒や先生、誰かの親や祖父母や兄弟、そして、それ以外の誰だかわからない大人たちでいっぱいだった。そのちょうど真ん中あたりに、あんずはママの姿を見つけた。ママは優しい顔であんずの方を見ていた。けれど、それはママだけではなかった。ここでは、誰もが多かれ少なかれ、温かい目であんずを見守っていた。

「あの……」

マイクに乗った声が会場に響く。

「ごめんなさい。場所を、間違えました」

予想だにしないスピーチの出だしに、会場全体がかすかにざわついた。

「ここにいる人にも、もちろん、言葉を伝えたいんですけど、でも、もっと伝えたい人っていうか、伝えなきゃいけない人たちが、いました。ここには、その人たちは、いません」

にわかにざわめきが大きくなり、子供も大人もけげんそうに顔を見合わせ始める。

「川を渡った向こうの街に、『コーポそれいゆ』っていう古いアパートがあります。私は、そこでスピーチします。もし聞きたいって思った人は、来てください。別に聞きたくなかったら、ここに残って他の子のスピーチを聞いてあげてください。みんながんばってるから、その方がいいかも。えっと……だから、私のがどうしても聞きたいって人だけ、来てください！　そんなに遠くはないです！」

早口になって言い切ると、あんずはぺこりと一礼してステージから走り去った。早坂、と叫ぶ先生の脇をすり抜け、控え室にも戻らず一目散に通路を進み、そのままホールの外へ飛び出した。背中で誰かの呼ぶ声がしたが、それでも振り返らず全速力で走った。公園通りを横切り、ママのお店がある街を走り抜け、大きな橋を一息に渡る。背の低い家々が立ち並ぶ細い路地へ入ると、意外にも「自分の街に帰ってきた」という気持ちになった。それは引っ越して来てから初めてのことだった。

――言葉を、伝えなきゃ。走りながらあんずは思った。

考え方の違う、排斥派の人たちに。

辛い時に助けてくれた、「ダウンジャケット・パーティー」の人たちに。

誰かに傷つけられて、辛い思いをしている人たちに。

今はもういない、犯人の人に。

そして、おじさんに。

あんずはさらにスピードを上げた。両脇に並んだ家々も電柱も、どんどん後ろに吹き飛ばしていく。呼吸の音がしだいに遠ざかり、体が重さを忘れ始める。風だ、とあんずは思った。その感覚はまるで、自分自身が風になったかのようだった。もしかすると、今なら魔法使いみたいに空を飛べるのでは――まさにそう思った瞬間だった。ふいに何かにけつまずき、あんずの体はふわりと宙に浮いた。

飛べる――。

そのまま空に舞い上がるかに思われたあんずの体はしかし、無情な重力によって一瞬のうちに地面へと引き戻された。とっさに左足での着地を試みるが、勢いあまって足首が曲がってしまい、バランスを失ったあんずは激しく転倒した。地面に体を打ちつけた衝撃で、短いうめき声が一つもれた。

ごつごつとしたアスファルトの上に倒れたまま、あんずはしばらく動くことができなかった。荒い息づかいを繰り返しながら自分の身に起こったことを整理し、体の痛みをひたすらより分ける。大丈夫、大丈夫。あんずはそう自分に言い聞かせた。軽い打ち身と、すり傷だけだ。顔から転んだあの時より、ずっとまし。こんなの、全然大したことない。

意を決して立ち上がろうとしたところ、左の足首に耐えがたい痛みが走った。くじいてしまったのだとすぐにわかった。どうにか片方の足だけで立ち上がってはみたが、走ることはおろか、歩くことさえままならなかった。仕方なく片足跳びで前に進むが、10メートルも行かないうちに力つきてまた地面に手をついてしまう。

あんずはすがるように周囲を見回した。細い路地には人の気配がまったくなく、声を上げても誰かに届くとはとても思えなかった。スマホもないので当然助けも呼べない。あんずはもう、一人きりで亀みたいに進むよりほかなかった。

この分では、アパートに着く頃には何もかも終わってしまっているかもしれない。何もかもが、すっかり手遅れになってしまっているかもしれない。わざわざ来てくれた人がいたとしても、待ちくたびれて帰ってしまうだろう――。

あんずは何も成し遂げられない自分をふがいなく思った。つくづく無力で、おろかだ。こんなことなら、さっきのホールで普通にスピーチしておけばよかった。そう思った途端、それまでがまんしていた涙が目からぽろぽろこぼれ出した。痛くて泣いているのか、くやしくて泣いているのか、自分でもよくわからなかった。気力がとうとう底を突き、あんずはそれ以上一歩も進めなくなった。その場に力なくうずくまり、地面におでこをこすりつけるようにして泣き続けていたら、すぐそばでギイッと甲高い音が鳴った。

「あんた、こんなとこで何やってんのよ」

わずかに顔を上げると、汚れた自転車のタイヤが目に入った。

「さんざん人あおっといて、何もしないつもり？」

そういうの、サギって言うんだよ。聞き覚えのある声がつっけんどんに言う。彼女の言う通りだとあんずは思った。情けない気持ちでいっぱいになり、涙がまたあふれ出す。

「てか、めそめそしてないで早く乗んなさいよ!」

きららちゃんがじれたように怒鳴った。呆気にとられていたら、「早く!」ともう一度急かされる。あんずは生まれたての子鹿みたいによろよろと立ち上がり、荷台部分にどうにかお尻を乗せた。

「でも、二人乗りは……」目をこすりながら不安げに言うと、

「全部あんたのせいにするから問題ない」と言ってきららちゃんは勢いよくペダルをこぎ出した。車体が大きくぐらついて、思わず彼女の体にしがみつく。

「ああ、めんどくさいな、もう!」

きららちゃんはそれから猛然と自転車をこいだ。耳元でごうごうと風が鳴り、家がびゅんびゅん飛び去って行く。

「……あのさ」必死に肩を揺らすきららちゃんに向かって、あんずはためらいがちに話しかけた。

「何よ!」

「……助けられなくて、ごめん」

「は? 何? よく聞こえない!」

「教室で、助けてあげられなくて、ごめん!」今度は風に負けないようありったけの声を

出した。

「誰も助けて欲しいなんて言ってないし！　あれはただのジ、ゴ、ー、ジ、ト、ク、！　単に天罰が下っただけ！」

「神様なんていないよ！　だから、あなたは悪くない！　だって、私も悪かったんだし！　だから、ごめん！　そんで、神様の代わりに、私があなたを許す！」

「はあ？　何様なのよ！　あんたのそういうところが嫌いなのよ！」

「私もあなたのこと好きじゃない！　けど、許す！」

「どっちでもいいからもうしゃべんないで！　あんたは楽だろうけど、こっちは大変なんだから！」

　ようやくアパートが近づいてくると、見えてきた人だかりの様子が朝とはまるきり違っていた。そこにはそれまで見たことがないくらいに大勢の排斥派が集まっていた。しかも、誰もが明らかに興奮し、全身でいきり立っている。その光景はまるで、一頭の巨大な化け物が荒ぶっているかのようだった。やがて、その手前で騒々しく自転車をとめると、きららちゃんはゼエゼエ荒い息を吐きながらハンドルの上に突っ伏した。

「つかれた……何で私がこんなこと……」

「ありがとう！」

　ブツブツつぶやくきららちゃんに礼を言い、あんずは片足跳びで先を急いだ。何度も転びそうになりながら大人たちの体をかきわけ、やっとのことで人だかりの前まで出ると、排斥派と激しく言い争うクマさんの姿がそこにあった。従えているのは「ダウンジャケット・パーティー」の面々ではなく、見たことのない男の人ばかりだった。彼らはずらりと並んで「人の壁」を作り、にじり寄る排斥派とにらみ合っていた。

「ゾンビと一緒に殺されてえのか、このクソ野郎どもが！」

「お前らこそ、それ以上近づいたらぶっ殺すぞ！」

今にも殴り合いが始まってしまいそうな一触即発の雰囲気に、早く何とかしなければとあんずは焦った。遠回りをしてどうにか「人の壁」の背後にまわり、必死に右足を弾ませてようやく階段までたどり着いたが、いざ上ろうとするとやっぱり片足ではままならなかった。手まで使って数段上ったところで、この先の果てしない道のりにぞっとした。

「何やあんた、ケガでもしたんか？」

聞き慣れた声に振り返ると、アパートの出入り口に浅川さんの姿があった。

「えらい遅かったな。待ちくたびれたで」

「来てくれたんだ」あんずが顔をほころばせると、浅川さんは何も言わずに背中を向け、さっとかがんだ姿勢になった。

「屋上まで行くつもりなんやろ？　ほれ、うちがおぶったる」

思わぬ申し出にとまどっていたら、

「迷ってる場合ちゃうやろ、早《はよ》う！」とめずらしく強い口調で浅川さんが言った。

「ごめんね、こんなことさせて」

「かまへんかまへん」

「重くない？　大丈夫？」

「平気、平気。酔いつぶれたおとん何回もおぶったことあるし」

明らかに重そうな足運びとは裏腹にそう言うと、浅川さんは「それに」と言葉をついだ。

「うちには、あんたにやり遂げさせる責任もあるし」

「責任？　何で？」

「だって、あんたにクーデターすすめたん、うちやんか。ちゃんと責任取らな。でもまあ、さすがにあそこまでするとは思わんかったけどな」

あきれ混じりの声に、あんずは苦笑いを返した。

「あんたはほんまに、おとなしそうに見えて、けったいな子やわ」

「けったいって何？」

「奇妙奇天烈、要するに超変ってことや」

「浅川さんに言われたくない」そう言ってふくれてみせると、彼女はからりと笑った。

「……ねえ、前に、『赤いろうそくと人魚』の話、二人でしたでしょ？」

ふと思いついてあんずは言った。

「うん、したな」

「あれから私、考えたんだけどね、作者の人は、浅川さんの言った通り、人間なんてろくでもないって、もしかしたら思ってたのかもしれない。ちょっとか、たくさんかは、わかんないけど」

「うん」

「でもね、もしそうでも、私はやっぱりあれを、何ていうか……みんなが優しくなるための物語だって、思いたいんだ」

しばらく間があってから、「せやな」と真面目な声が返ってくる。

「確かに、その方がずっとええかもな。それって何かさ、絶望に対するクーデターって感じやな！」浅川さんは心なしか興奮気味に言った。

「よっしゃ！　三階到着！」

威勢のいい声の後ろで、あんずはおじさんの部屋をちらりと見やった。まだ中にこもったままだろうか。もう出てこないつもりだろうか。それとも……。

「なあ、あんず」急に下の名前で呼びかけられてはっとする。浅川さんにそう呼ばれたのは初めてだった。

「うち、この街にあんまりええ思い出なかったけどさ、最後にあんたに会えてよかったわ」

予想もしていなかった言葉に、あんずは一瞬固まった。

「……私も」

少し遅れてそう返すと、両耳がかーっと熱くなるのがわかった。きっと、色も真っ赤になっているることだろう。死角になっていてよかったとあんずは心から思った。

「よっしゃ！　あともうちょいや！」

浅川さんは気力を振りしぼるようにして最後の数段を一息に駆け上がった。靴音を大きく鳴らして空の下に出ると、屋上はまるでもぬけのからだった。そこには食べ物や酒びんやギターはおろか、テーブルや一脚のイスさえもなく、人が楽しんだりくつろいだりしたあとが少しもなかった。端の方に一応ステージはあるし、カラオケセットも準備されてはいたが、カラオケ大会は、やっぱり最初からカラオケ大会ではなくなってしまったようだった。

「……悪いけど早よ降りてくれへんやろか」苦しそうな声で言われ、あんずはあわてて背中から降りた。

「ありがとう。ここからは一人で大丈夫」

「わかった。しっかりきばりや。うちは下で見守ってるわ！」

笑顔でそう言うと、浅川さんは軽やかな足取りで階段を下りていった。

屋上の端の方で、一枚だけ干された誰かの白いシャツが小さな風に揺れている。

片足跳びでステージを目指しながら、こんなにさびしい屋上を見るのはいつ以来だろうかとあんずは思った。けれど、これが本来の姿であり、そして、これからの姿なのだ。「ダウンジャケット・パーティー」が開かれることはもうないだろう。なぜかあんずにはそんな予感があった。おばあさんやおじいさん、ナムさんやリンさんや河本さん夫妻、その他の住人や、外から来てくれていた様々な人々、ママ、そして、おじさん。当たり前のようにこの場所にあった人影は幻のごとくに消え去り、今ではもうあんず一人きりだった。

たどたどしい身のこなしでステージによじのぼり、転がっているマイクを拾ってゆっくり立ち上がる。足首に走る重い痛みに、あんずは思わず顔をゆがめた。歯を食いしばって背筋を伸ばすと、今度は高さに足がすくむ。ステージの分だけ、いつもより柵が低くなっている。下の様子をうかがうと、「人の壁」がさっきより明らかに後退していた。すでにあちこちで小競り合いが起こっており、アパートの出入り口にいたっては、大勢の排斥派が押し寄せて今にも中へとなだれこもうとしている。その群衆の中に大きな旗のようなものを見つけ、あんずはようやく気がついた。彼らはこのアパートを占領して、自分たちの旗を立てるつもりなのだ。以前、おじさんの部屋にある本の中で、そういう写真を見たことがあった。戦場に国旗を立てようとしている兵士たちの写真だった。それが、遠くの味方に勝利を知らせ、敵に勝った証拠になる。自分たちが勝者で正義なのだと、確定させることができる。――たとえ、そうでない場合であったとしても。確か、おじさんはそんな風に言っていた。
深呼吸を大きく一つしてから、あんずはマイクのスイッチを入れた。トントンと先の方をたたくと、周囲にものすごい重低音が響き渡る。それはおよそカラオケの音量ではなかった。きっと、最初はここから排斥派とケンカしていたのだろう。

あー、あー。

声に気づいた人たちが動きを止め、あんずの方を見上げた。端の方には知った顔もいくつかあった。浅川さんに、きららちゃん。野田さんや、その取り巻きや何人かの男子たち。よく見ると先生もいた。心配で来てくれたのか、単に面白がっているだけなのか、いずれにしても皆わざわざホールからここまで来てくれたみたいだった。あんずはマイクを口元まで持ち上げると、小学校名と自分の名前を口にした。

私は、小さい頃から、この世界には神様がいると信じて生きてきました。

大音量で始まったスピーチに、争い合っていた人たちの顔も少しずつ上がり始める。彼らがあんずに向けるのは、どれも厳しい視線ばかりだった。それでも、緊張はしなかったし、迷いもなかった。今、自分は立つべき場所に立っているのだという強い確信だけがあった。

悪いことをすればばちが当たるし、反対に、がんばったり、ちゃんといい子でいたら、その分だけいいことがあると思っていました。だから、魔法使いになりたいという夢も、がんばっていい子にしていればいつか神様が叶えてくれると思っていました。それから小学校に上がって、物語の世界と本当の世界は違うってわかるようになって、魔法使いになりたいとは思わなくなったけど、それでも、いいことをすればいいことが返ってくるし、がんばっていればものごとは必ずよくなっていくんだと、ずっと信じていました。……だけど、大きくなってだんだんわかってきたことは、本当の世界は全然そういう風にはなっていないということでした。どれだけがんばっても、ものごとはちっともよくならなかったし、それに、世界中で、何にも悪いことをしていない人がひどい目にあったり、殺されたりしていました。

あんずのスピーチはもう、先生と練習したものとはまったく違っていた。けれど、一番初めに書いた原稿とも違うものだった。今、この瞬間、ここに立っているあんずの中からつむがれる、たどたどしくも真新しい言葉だった。

本当の世界には、魔法もないし、神様もいませんでした。冷たくて、こわくて、とてもいやな世界だと私は思いました。

ママの背中に付いた泡。
リボンのついた青いカチューシャ。
消毒液がしみて痛む傷口。
タバコとコーヒーと鉛筆のまざったにおい。

そんな世界で、私は一人の人と出会いました。大きな本棚のある部屋に住む、コンシャスのおじさんです。その人は、本の中じゃないこの世界にも、魔法はあるんだって私に教えてくれました。きっと子供だましを言われたんだと思ったこともあったけど、その人の部屋の本を読んだり、その人としゃべったり、それから、いろんなできごとを経験するうちに、私はだんだんとその意味がわかってきました。

日にやけた茶色いページ。

いちごの香りのする紅茶。
ポストカードのカラフルな街並み。
雨の中を泳ぐ赤い傘。

当たり前だけど、私たちは、ほうきで空を飛んだりできません。物語の中の魔法使いみたいに、水とか炎を自由にあやつったりとか、大きな風を起こすとか、時間を戻したりとかもできません。でも、一つだけ、私たちにも使える魔法がありました。それは、言葉です。その魔法は、心の傷を手当てしたり、いろんな物語で誰かを勇気づけたり、人と人を仲良くさせたりすることができます。どんな形にだって変えられる、すごい魔法です。でも、今、みなさんが使っている言葉は、魔法じゃありません。それは、ナイフです。言葉はどんな形にも変えれるから、人を攻撃するナイフだってすぐに作れてしまいます。だけど、それは魔法ではありません。なぜかというと、素敵じゃないからです。人を笑顔にしないいし、喜ばせないからです。人をいっぱい傷つけて、たくさんの人を不幸にするから、そんなのは、絶対に魔法ではありません。

怒ったように燃えさかる炎。
空に向かって放たれる怒鳴り声。

ブランケットに燃え移った火。
夜空にぎらりと光るナイフ――。

私は去年、ハロウィンの事件に巻き込まれました。

胸がぎゅっとしめつけられ、あんずは思わず目をつむった。鼻から息を逃がすと、マイクがそれを拾って風みたいな音が空に響いた。どこか遠くで、パトカーのサイレンが鳴っている。本当に鳴っているのか、記憶の中の音なのか、あんずにはよくわからなかった。
静かに息を吸い込み、もう一度ゆっくり目を開く。

あの時……私は、犯人に、殺されそうになりました。私を殺そうとして振り上げられたナイフのことを、私は今でも昨日のことみたいに思い出します。すごくこわくて、今もずっとこわくて、たぶん、一生忘れられないと思います。私は、事件の後、世界の全部がこわくなってしまって、学校にも、外にも行けなくなりました。そんな私を助けてくれたのが、言葉の魔法でした。いろんな人とたくさん話をして、言葉から優しい気持ちが伝わってきたり、同じように辛い気持ちでいることがわかったりして、だんだんと心が元気になっていったし、それから、好きな物語についてたくさんしゃべって、それですごく仲

良くなった子もいて、その子は新しい友だちになりました。

左右に揺れる黄色いリュック。
ベンチいっぱいに広がったスカート。
太ももの上にのせられたギター。
シュレディンガーの温かい体。

そして、私は、神様のいない、ナイフだらけの世界に、言葉の魔法で立ち向かうことができるということも、信じれるようになりました。

正面から吹きつける風。
ひざをあっという間に濡らす雨粒。
刃先に付いた真っ赤な血。
真夜中の森を通り抜ける、長い長い吐息。

私は、ハロウィンの事件で、ナイフのほかにもう一つ、忘れられないことがあります。それは、犯人の人の目です。あの人がやったことは、すごくだめなことです。たくさんの人の命を奪って、たくさんの人を不幸にしたから、絶対に許されないことだと思います。でも、私は、近くで見たあの人の目が、ナイフと同じくらい忘れられません。その目は、すごくさびしそうで、すごく苦しそうでした。あれは、たくさんのナイフで傷つけられた人の目なんじゃないかと私は後から思いました。それで、ナイフは別のナイフを生み出すだけなんだということがわかりました。ナイフは、こわいと思う気持ちとか、自分の弱いところとか、いやなところとかが材料になって、すぐに作れてしまいます。私も、知らない間に作ってしまって、転校してからずっと仲良くしてくれていた一人の友だちのことを、傷つけてしまいました。それに、私もはじめはみなさんと同じようにコンシャスの人のことを「ゾンビ」と呼んでいて、こわいとか、きらいだとか、いなくなって欲しいって思っていました。でも、コンシャスのおじさんと少しずつ言葉を交わすようになって、ちょっと不愛想だけど優しい人だということがだんだんわかってきて、そしたら、こわくなくなったし、仲良くなることができました。つまり……何が言いたいかというと、私のナイフは、魔法に変わったということです。もし、ナイフを作ってしまっても、後から魔法に変えれるということです！

そこまで言い切ると、あんずは荒くなっていた息をゆっくり整えた。今や、アパートの前に集まったすべての人があんずの方を見上げ、そのスピーチを静かに聞いていた。つばをごくりと一飲みすると、あんずはもう一度口を開いた。

私はもう、見たくないです。誰かが傷ついたり、殺されたりするとこなんか、もう二度と、一生、これっぽっちも見たくないです。だから、みなさんお願いです。これ以上、ナイフで人を傷つけないでください。作ってしまったナイフを、魔法に変えてください。たぶん、ここにいる人の中にも、ナイフでたくさん傷つけられてきた人がいると思います。たくさん傷つけられて、痛くて、辛くて、さびしくて、すごく苦しかったと思います。でも、そのせいであなたの中にできてしまったナイフは、あなたのことを救ってくれないと思います。それができるのは、ナイフなんかじゃなくて、火炎瓶とかミサイルとか核爆弾とかでも絶対なくて、やっぱり、言葉の魔法だと私は思うんです！　だからどうか、私と一緒に魔法使いになってください！　誰かを傷つけるんじゃなくて、傷を手当てしたり、人を嬉しい気持ちにさせたり、元気づける魔法を使ってください！　誰かが傷ついたり殺されたりしない「魔法の国」を、みんなで一緒に作ってください！　あなたのナイフを、魔法に変えてください！　どうか、どうかお願いします！

あんずは深々と頭を下げた。あたりはしんと静まり返ったが、まもなく、一つの声がそれを破った。

「お前みたいなガキに何がわかる！　何が魔法だ！　小便くせえガキはひっこんでろ！」
それを皮切りに、排斥派と思われる人たちの口からあんずをののしる声が次々上がった。

じゃあ、ガキにこんなこと言わせないでよ！

大声で言い返すと、マイクがキーンと耳ざわりな音を立てた。

……ちゃんと、子供がこんなこと言わなくていい世界にしてよ！　あなたたち大人が、ちゃんとそういう世界作ってよ！　学校の授業でもさ、これから平和な世界を作っていくのは若い君たちですとか言われたけど、自分たちの番をスルーして私たちに押し付けないで！　今、あなたたちががんばって作ってよ！　がんばってがんばって、めちゃくちゃがんばって、それでもどうしてもだめだったら、その時は私たちが交代するから！　ちゃんとがんばりもしないで、ガキのケンカとかいじめみたいなことを、大人がやらないでよ！　大人はちゃんと大人でいてよ！

群衆はまた水を打ったように静まり返り、まもなく、その間からぱらぱらとまばらな拍手が起こった。もう、これ以上言うべきことはなかった。今の自分に言えるせいいっぱいの言葉をつくしたとあんずは思った。もう一度お辞儀をし、手元のスイッチを切ると、あんずはゆっくり後ずさった。つい左足に体重をかけてしまい、痛みのあまりぐらりとよろめいたところ、誰かにがばっと抱きとめられた。香水の香りと、かすかな汗のにおいがぷんと鼻をつく。あんずは思わず泣きそうになった。

「あんず、よくがんばった!」ママの声は震えていた。

「ママ、痛いってば」あんずは涙をこらえて笑った。

＊

人気のない細い路地を松葉杖でゆっくり歩く。わきではなく手のひらの方に体重をかけ、一歩分のスライドをあまり大きく取らずにちまちま進む。ようやくコツをつかめてはきたけれど、人通りの多い道はまだこわい。あんずにとって今一番恐ろしいのは、スマホに目を落としたままずんずん歩いてくる人たちだった。まだしばらくは大きな通りを歩けそうになかった。

道がかすかにカーブし始めたことに気づき、不安になって立ち止まる。通り慣れない道を歩いていると、いつの間にか目指す方角が違ってしまっていることがよくある。特にこの辺の路地には入り組んでいる場所が多く、迷ってしまうこともしばしばあった。あんずは上着のポケットからスマホを取り出すと、地図アプリを立ち上げた。今回のケガで一つだけよかったことは、スマホを持たせてもらえるようになったことだ。制限が多くてできることは少ないけれど、もう道に迷わなくてすむし、写真だって自由に撮れる。それより何より、おばあさんとメッセージを交換できるのが嬉しかった。ホテル暮らしは快適で、おじいさんの退院も先日決まったらしい。ママの話では、引っ越し先も探し始めているということだった。やっぱり、二人はアパートには戻らないようだった。

SNSはもちろん、ネットを見ることもできないので、あんずはまだ自分の映像を見たことがない。誰かが屋上でのスピーチ映像を勝手に上げたらしく、それがなぜか何万回も再生されていると聞いた。ママは消してもらうよう運営会社に頼むと言っていたが、あんまり意味がないんじゃないかとひそかに思っている。

左手の道に入れば正しい方角に戻れるようだったので、あんずはそちらへ足を踏み出した。何やら騒がしい声がしているので何だろうと思っていると、まもなく現れた袋小路に複数の人影があった。学生服の中学生たちが荒々しい声を上げながら、よってたかって誰かを暴行していた。

「何してるの！　やめなさいよ！」

あんずは勇気を出して声を上げた。中学生たちが振り返り、学生服の合間に倒れている人の姿がのぞく。同じく中学生かと思いきや、黒い服を着た大人の男の人だった。その顔を見て思わずあっと声が出る。そこにいたのは、あろうことか、おじさんだった。

「あ？　見ての通りだけど？　何か文句でもあんの？」

リーダー格と思われる、髪を茶色に染めた少年がにやついた顔で言った。

「……どうしてそんなひどいことするの」あんずが怒りをにじませて言うと、

「あ？　てめえ殺されてえのかガキ！」と坊主頭の少年が身を乗り出してすごんだ。その迫力に思わず足がすくむ。

「どうしてこんなことするかって？　そりゃ、むしゃくしゃするからさ」

茶髪は坊主頭を手で制止すると、悪びれずにそうこたえた。

「ガキだから知らねえだろうけど、こいつらはサンドバッグとしての役割を果たすために街に戻されたんだよ。あ、サンドバッグっつってもガキにはわかんねえか。あれだよ、ボクシングの練習で殴るやつ。テレビか動画で見たことあんだろ？　こいつらゾンビは、政府公認のサンドバッグなの。大人の世界ではジョーシキ。だから、俺らは何も悪いことなんかしてねえんだよ。みんなやってることを、ただ同じようにやってるだけ」

そう言うと、茶髪はおじさんの体を思い切り蹴り上げた。

「やめて！」

あんずは叫んだが、彼らはまた集団でおじさんに暴行を加え始めた。あんずは上着のポケットから急いでスマホを取り出し、

「やめないと、この動画アップするから！」

と叫んで中学生たちに向けた。彼らは動きを止め、再びあんずの方を振り返った。

「あなたたちはガキだから知らないかもだけど、私、有名な小学生インフルエンサーで、世界中にフォロワーがいるんだから。私が動画上げたら、すぐにカクサンされて、名前も学校も全部調べられて、あなたたちみんな外歩けなくなるよ！」あんずはとっさに口から出まかせを言った。

「それに、さっき警察呼んどいたから、もうそろそろここに来るはず！　早くここから逃げないと、ややこしいことになるよ！　テイガクになって、人生ハードモードになっちゃってもいいの？」

「このクソガキ、なめたことしやがって。もう一本の足も折ってやろうか！」あんずに詰め寄ろうとする茶髪を、「待て」と今度は坊主頭がさえぎった。

「そいつ、見たことある。バズってたガキだ。まじでさらされるぞ」

「それに、警察はさすがにやばいって、翔ちゃん」

仲間たちの言葉に茶髪はちっと舌を鳴らした。

「さあ、今すぐどっか行って！　そんで、二度とこんなことしないで！　また同じことやったらすぐに動画上げるから！」

大声で言いながらスマホを突き出すと、中学生たちは銃でも突きつけられたみたいに両手を上げておじさんから離れ、そのまま蜘蛛の子を散らすように逃げていった。

「おじさん、大丈夫？」

すぐに駆け寄って体を起こすと、おじさんはもう顔中血だらけになっていた。それを見て、あんずはやりきれない気持ちでいっぱいになった。今朝見たニュースでも、コンシャスの人に対する暴行事件は増える一方だと伝えられていた。大迫派による無差別殺人もなくなってなどいない。あんずのスピーチが何万回再生されたところで、世界は少しも変わっていなかった。野田さんたちはきららちゃんへの嫌がらせをやめたが、それだっていつまで続くかわからない。ターゲットを変えて、明日にでもまた始まるかもしれない。次のターゲットはあんずかもしれないし、野田さんになる可能性だってある。ただ、いじめるという行為だけが、役を入れ替えながら脈々とひきつがれていくのだ。同じように、差別も、殺人も、戦争も、この世から消えてなくなることは決してないだろう。

「あんな、ことを、するな」

おじさんは苦しそうに壁にもたれかかると、かすれた声であんずに言った。

「……しょうがないじゃん。ああするしか」

「ああいう、時は、逃げろ。危ない」

「見て見ぬふりなんかできないよ」もう、そんなことしたくない。

「なら、警察、を、呼べ。呼んで、まかせろ」

「だって、そんなことしたらまたおじさんが袋かぶせられるかもしれないじゃん」

「それでも、呼べ。誰か、を、呼べ」

必ず、助けてくれる人はいる。いつになく厳しい口調でおじさんが言うので、あんずはしおらしくうなずいた。

「しみるけど、ちょっとがまんしてね」

小さな児童公園のベンチで、おじさんの傷の手当てをする。救急箱は向かいにある古ぼけた生活雑貨店で借りた。

「今度は、立場が逆になっちゃったね」

あんずがそう言うと、おじさんは、ふん、と鼻息だけで笑った。真っ白だったガーゼの表面に、みるみる赤い血がにじむ。タバコとコーヒーと鉛筆と、それから、消毒液のまざったにおいが、冷たい風に乗って周囲を漂う。季節はもうすっかり冬である。

公園の中には、あんずたちの他に家族が一組いるだけだった。すべり台で遊んでいる小さな女の子が、父親と母親に見守られながら、無邪気で幸福そうな笑みを見せている。

「そういや、会うの、久しぶりだね」

ちゃんと外出てたんだ。傷の手当てを終えると、あんずは座り直して言った。

「この、あたり、は、人、が、少ない」

この公園も、いつもは誰もいない。おじさんは家族連れの方を見ながら言った。つられてあんずも目をやると、女の子とふいに目が合った。

「……なんか、なつかしいな」思わずそんな言葉が口をついて出る。

おじさんはしばらくだまりこくった後、

「スピーチ、は、よかった」とぶっきらぼうな調子で言った。

「ほんと?」

「ああ」

「聞いてくれてたんだ、嬉しい」あんずは胸がそっと熱くなるのを感じた。

女の子はくすんだ水色の斜面をすべり終えると、すぐにまたステップの方へ走って向かった。どうやら、同じことを何度も繰り返しているようだった。彼女がカンカン靴音を鳴らし始めると、母親があんずたちの方をちらりと見、隣に立っている父親に何か耳打ちをした。今度は父親の方がこちらを振り返って見る。

「お前、は、どんな、大人、に、なりたい」

おじさんが唐突にそんなことをきいてくるので、あんずは「へ？」と間の抜けた声を出してしまった。

「そんなの、急に言われてもわかんないよ」

苦笑いでそうこたえると、おじさんは「そうか」とだけ言った。

「じゃあ、おじさんはこれからどうなりたいのよ」半分意地悪できき返したところ、

「つつが、なく、くらす」と意外にもすぐに返ってきた。

「つつがなく、ってどういう意味？」

「平穏、無事」

その時ふと、あんずの胸にかすかなうしろめたさが差した。自分は、おじさんの平穏を乱してしまったのではないだろうか？　もしかして、自分と出会わなければ、おじさんは

いろんなひどい目にもあわなくてすんだのでは——。

「……なんか、いろいろ邪魔しちゃって、ごめんね」

「何の、邪魔」

「平穏の」あんずがそう言うと、おじさんは首をゆっくり横に振った。

「物語、は、とっくに、終わった、と、思って、いた」

女の子が斜面を軽やかにすべり降りると、その体を父親が軽々と抱えた。遊びを中断させられた女の子が身をよじって駄々をこねる。

「お前、が、のばして、くれた」

コンシャスの人の寿命は短い。そんなうわさが急に思い出され、あんずはさびしい気持ちになった。

「……なら、よかった」

家族連れが公園から出て行き、目の前には誰もいない空間だけが残された。

——そろそろ、行こっか。

警察でも呼ばれていたらまたやっかいだと思い、あんずは松葉杖を支えによろよろと立ち上がった。公園を出、救急箱をお店に返し、二人並んでアパートの方へ歩き出す。曲がりくねった細い路地を、誰に急かされることも、うとまれることもなく、自分たちだけのペースでゆっくり進んだ。

やっとアパートの前まで帰ってくると、出入り口のところに意外な客の姿があった。

「浅川さん！」見るなり声を上げ、あんずは松葉杖でひょこひょこ近づいていった。

「どうしたの？」

「来たはええけど、そういや部屋番号知らんくてさ」浅川さんは照れたように笑った。

「何か用だった？」

「あのな……」

こんなところまでわざわざ訪ねてくるなんて、もしかして今日が……。次の言葉に身構える。

「転校せんで、よくなってん！」

一瞬ぽかんとしてしまうが、あんずはすぐに顔を輝かせた。

「ほんとに？」

「ほんま！」

「やったあ！」思わず松葉杖を放り出し、片足跳びで彼女に抱きつく。あんたのおかげや、と浅川さんが声を張って言った。

「あんたのスピーチが、うちのおとんにブッ刺さったんや」

彼女の父親は、あの日、やっぱり排斥派の人だかりの中にいたらしい。

ほんまに、つくづく芯のない男やわ――。嬉しそうに吐かれた毒に、あんずは声を上げて笑った。

「みやび!」

浅川さんが出し抜けにそう叫ぶので、意味がわからず「え?」ときき返す。

「うち、浅川みやび言うねん! 知らんかったやろ!」

「私、早坂あんず!」あんずも声を張って名乗った。

「知っとるわ!」漫才師のようにあざやかなツッコミを入れると、彼女はぱっと身を離し、

「それ言いにきただけ! ほなまた、明日!」と満面の笑みで言った。

「うん、明日!」

離れて立っているおじさんにぺこりと頭を下げると、みやびちゃんはあんずに向かって大きく手を振り、アパートからまっすぐにのびる道の上を駆け出した。黄色いリュックが小さくなっていくのを見ながら、あんずは「おじさん」と呼びかけた。

「どういう職業とか、そういうのはまだよくわかんないけど」

顔のまわりに煙をまとわせながら、おじさんがあんずの方をゆっくり向いた。

「私、大人になったら、今よりもっと、いい魔法がたくさん使えるようになりたい!」

おじさんは静かにうなずいた。タバコをくわえた口の端が、かすかに曲がって見えた。

目を覚ますと、まだ明け方の時間だった。

急にもよおし、あんずはそばにあったフリースを羽織って静かに部屋の外へ出た。居間にはもう薄明りが差し始めていたが、冷たい空気がぴんと張り詰めたようで、いつもの朝よりずっと寒かった。あんずはトイレから出ると、動物みたいに体を一つ震わせ、身を縮めながら窓の方へ近づいていった。カーテンをそっとめくってのぞいたところ、青灰色の空から粉砂糖のような雪が降り注いでいた。道や車や家々の屋根がひっそりと雪化粧をしている。例年よりずっと早い初雪だった。思わず息をもらすと、窓ガラスの表面に白い円ができた。

玄関のドアをそっと閉め、しんと冷え切った通路を松葉杖なしでたどたどしく歩く。いつもの階段をゆっくり上っていくと、やがて、一面真っ白なじゅうたんを敷き詰めたような屋上があんずの目の前に現れた。足を踏み出すとかすかに沈み込む感覚があって、あとにはくっきりと靴底の形が残った。真新しいスニーカーがつくるその足あとを、あんずは柵まで少しずつのばしていった。

雪におおわれた街は、静かに眠っているように見えた。人影はどこにも見当たらず、自分の他には誰一人として目覚めている者はないような気がした。あんずは街じゅうの、まだ誰にも踏まれていないまっさらな雪の上に、今のうちに自分の足あとをつけてまわりたいと思った。きっと、ものすごく気分がいいだろう。ところが、直後、ふと見下ろした雪の上に、あんずは誰かの足あとを見つけてしまった。ちょうど一人分の、大人の足あとだった。先を越された、とちょっぴりくやしくなる。

足あとは、アパートからまっすぐにのびる道の上まで点々と続いていた。補助線を引くようにそのまま目で追っていくと、遠くの方に小さな人影が見えた。じっと見ていないとわからないくらいに、それはゆっくりと動いていた。

おじさんだ——。

見慣れた動きとシルエットに、あんずはすぐさまそう悟った。目をこらすと、背には見慣れないリュックが負われている。宇宙船みたいな丸い窓のついた、ペット用のトラベル・リュック。いつかあんずが教えたものだ。ここからだとよく見えないけれど、きっと中にはシュレディンガーがいるのだろう。

おじさんは、ここを出て行くのだ——。あんずはそう直感した。

この街を出て、どこか自分の知らないところへ旅立っていくのだ。

こんな日が来るんじゃないかと、あんずは前から思っていた。アパートが火事になってから。おばあさんとおじいさんの家に火炎瓶が投げ込まれてから。おじいさんが、火傷を負ってしまってから。不愛想なくせに優しいおじさんが、いつかそういう決断をしてしまうのではないかと、本当は、ずっと恐れてきた。それが今日、ついに来てしまったのだ。

「おじさーん!」

あんずは大声で呼びかけた。息がすぐに切れ、肩が大きく上下に揺れる。吐く息がタバコの煙みたいに白かった。

「お、じ、さーん！」

もう一度叫ぶと、人影が立ち止まってこちらを向いたのがわかった。あんずはすかさず胸を反らし、冷たい空気をめいっぱい肺の中に取りこんだ。

「さ、よう、な、らー」

ありったけの声でそう叫び、両手を大きく振った。何度も何度も、ぶんぶん振った。おじさんは一度だけあんずの方に手を振り返すと、前に向き直ってまた歩き出した。やがて、どこかで角を曲がったのか、少しも見えなくなった。

白一色に戻ってしまった景色の中に、あんずはたった一人で立ちつくした。あんずは泣かなかった。ぐっと唇をかんで、涙が出そうになるのを必死にこらえた。太陽が川向こうのタワーマンションをよじのぼり、空がみるみる明るくなっていく。それでも、降る雪は勢いを増す一方で、まだまだ止みそうになかった。それはタワーマンションの群れの上にも、低い家々の立ち並ぶこの街の上にも、等しく降り注いでいた。川の上にも、海の上にも、ここから見えない遠くの街にも、それから、一番遠い地球の裏側にさえ、同じように降り注いでいるような気がした。そうやって世界が少しずつ埋もれていくのを、あんずは白い息を吐きながらいつまでも眺めた。そして、雪はもちろん、そんなあんずの上にも等しく降り注いでいた。あんずの髪に引っかかり、服に貼りつき、まつげの上に居座った。ただ、あんずの肌に触れたとたん、それはあっという間にとけて水になるのだった。

数週間後、早坂家の郵便受けには、あんずに宛てられた厚手の封筒が届いていた。すぐにその場で開いたところ、中には一冊の本が入っていた。『赤いろうそくと人魚』の収録されている、小川未明の童話集だった。ページをめくっていくと、ちょうど中ほどにつやつやとした真新しいポストカードが一枚はさまれていた。いつか見たのと同じ、メキシコの街並みだった。晴れ渡った空の下に、色とりどりの建物がひしめきあっている。

赤、青、黄色、水色、緑、オレンジ、エメラルドグリーン、ピンク。

背の低い一軒家に、高い塔。横に広い集合住宅や、お城みたいな古めかしい建造物。

何もかもばらばらで、ちぐはぐなのに、それらは違いを持ったまま、よく晴れた空の下で美しく調和していた。ゆるやかにカーブした道の上に、あるいは、アーチ型の綺麗な窓の中に、あんずは黒い服と茶色の縞模様を見たような気がした。

裏を返すと、隅の方に青色のインクで外国語の文章が書かれていた。それが「希望は決して人間をあきらめなかった」という意味の言葉だとあんずが知るのは、それから少し後のことだった。

本と封筒を胸に抱え、あんずは急ぎ足で部屋に戻った。

本書は第12回ポプラ社小説新人賞奨励賞受賞作
『あんずとぞんび』を加筆修正したものです。

引用書籍
小川未明『小川未明童話集』 新潮文庫（1951）

装画
ひうち棚

装丁
須田杏菜

坂城良樹（さかき・よしき）
京都府出身。2023年第12回ポプラ社小説新人賞奨励賞を受賞。

あんずとぞんび

2025年4月21日　第1刷発行

著　者　坂城良樹
発行者　加藤裕樹
編　集　三枝美保
発行所　株式会社ポプラ社
〒一四一-八二一〇
東京都品川区西五反田三-五-八
JR目黒MARCビル十二階
一般書ホームページ　www.webasta.jp

組版・校閲　株式会社鷗来堂
印刷・製本　中央精版印刷株式会社

読者の皆様からのお便りをお待ちしております。
いただいたお便りは著者にお渡しいたします。

N.D.C.913/239p/19cm　ISBN978-4-591-18607-7
P8008506